走运时，要想到倒霉，不要得意过了头；
倒霉时，要想到走运，不必垂头丧气。
心态始终保持平衡，情绪始终保持稳定。

在人类社会发展的长河中，我们每一代人都有自己的任务，而且是绝非可有可无的。如果说人生有意义与价值的话，其意义与价值就在于对人类发展承上启下、承前启后的责任感。

每个人都争取一个完满的人生。
然而，自古及今，海内海外，一个百分之百完满的人生是没有的。
所以我说，不完满才是人生。

人活得太久了，对人生的种种相，
众生的种种相，看得透透彻彻，
反而鼓舞时少，叹息时多。

在人生中，我的旅途远远不到结束的时候，我还不能停留在一个地方。
在我前面，可能还有深林、大泽、崇山、幽谷，有阳光大道，有独木小桥。
我必须走上前去，穿越这一切。

一棵小草或其他植物，生在石头缝中，或者甚至压在石头块下，缺水少光，
但是它们却以令人震惊得目瞪口呆的毅力，冲破了身上的重压，
弯弯曲曲、忍辱负重地长了出来。

大家都会渴望拥抱大自然，都在不同程度上想找一个人间净土，世外桃源。

我知道，未来的路也不会比过去的更笔直、更平坦。但是我并不恐惧。我眼前还闪动着野百合和野蔷薇的影子。

W'
万榕

传播新知 优美表达

# 可爱的人生

季羡林——著

北方联合出版传媒(集团)股份有限公司
万卷出版公司

ⓒ 季羡林 2021

## 图书在版编目（CIP）数据

可爱的人生／季羡林著．— 沈阳：万卷出版公司,2021.10

ISBN 978-7-5470-5732-2

Ⅰ．①可… Ⅱ．①季… Ⅲ．①散文集－中国－当代 Ⅳ．①I267

中国版本图书馆 CIP 数据核字（2021）第 173921 号

出版发行：北方联合出版传媒（集团）股份有限公司
　　　　　万卷出版公司
　　　　　（地址：沈阳市和平区十一纬路 25 号　邮编：110003）
印　刷　者：河北赛文印刷有限公司
经　销　者：全国新华书店
幅面尺寸：145mm×210mm
字　　数：195 千字
印　　张：9.75
出版时间：2021 年 10 月第 1 版
印刷时间：2021 年 10 月第 1 次印刷
选题策划：王会鹏
责任编辑：李　明
版式设计：任展志
封面设计：任展志
责任校对：王兰华
插画绘制：老　树
ISBN 978-7-5470-5732-2
定　　价：49.80 元

联系电话：024-23224481
邮购热线：024-23224481
E-mail：wanrongbook@163.com

# 目　录

## 一、不完满才是人生

人　生 ……………………………………………3

再谈人生 …………………………………… 6

三论人生 …………………………………… 8

不完满才是人生 …………………………… 10

人生的意义与价值 ………………………… 13

世态炎凉 …………………………………… 16

禅趣人生 …………………………………… 18

知足知不足 ………………………………… 22

有为有不为 ………………………………… 25

成　功 ……………………………………… 28

毁　誉 ……………………………………… 31

道路终于找到了 …………………………… 34

完成学业，尝试回国 ……………………… 43

思想家与哲学家 …………………………… 52

一个老知识分子的心声 …………………… 55

## 二、糊涂一点，潇洒一点

我写我 ……………………………… 65

缘分与命运 ……………………… 68

做人与处世 ……………………… 71

牵就与适应 ……………………… 73

走运与倒霉 ……………………… 76

谦虚与虚伪 ……………………… 79

满招损，谦受益 ………………… 82

爽朗的笑声 ……………………… 85

当时只道是寻常 ………………… 92

容　忍 …………………………… 95

三思而行 ………………………… 97

难得糊涂 ………………………… 99

糊涂一点，潇洒一点 …………… 102

睁一只眼，闭一只眼 …………… 105

## 三、人活一世，就像作一首诗

谈礼貌 …………………………………………… 111

论压力 …………………………………………… 114

论恐惧 …………………………………………… 116

论正义 …………………………………………… 119

论朋友 …………………………………………… 126

我的几个老师 …………………………………… 129

我的老师们 ……………………………………… 136

我最喜爱的书 …………………………………… 144

在敦煌 …………………………………………… 149

大觉寺 …………………………………………… 168

山中逸趣 ………………………………………… 178

飞越珠穆朗玛峰 ………………………………… 182

漫谈伦理道德 …………………………………… 184

我们面对的现实 ………………………………… 194

关于人的素质的几点思考 ……………………… 198

## 四、时间不留情，光阴不可轻

时　　间 ……………………………………… 209

邻　　人 ……………………………………… 213

爱　　情 ……………………………………… 217

谈　　孝 ……………………………………… 223

老　　年 ……………………………………… 225

谈老年 ………………………………………… 227

温馨，家庭不可或缺的气氛 ………………… 234

生命冥想 ……………………………………… 237

老年十忌 ……………………………………… 241

老马识途 ……………………………………… 260

八十述怀 ……………………………………… 262

新年抒怀 ……………………………………… 267

迎新怀旧 ……………………………………… 275

九十述怀 ……………………………………… 281

一寸光阴不可轻 ……………………………… 292

# 一

## 不完满才是人生

# 人　生

在一个"人生漫谈"的专栏中，首先谈一谈人生，似乎是理所当然的，未可厚非的。

而且我认为，对于我来说，这个题目也并不难写。我已经到了望九之年，在人生中已经滚了八十多个春秋了。一天天面对人生，时时刻刻面对人生，让我这样一个世故老人来谈人生，还有什么困难呢？岂不是易如反掌吗？

但是，稍微进一步一琢磨，立即出了疑问：什么叫人生呢？我并不清楚。

不但我不清楚，我看芸芸众生中也没有哪一个人真清楚的。古今中外的哲学家谈人生者众矣。什么人生意义，又是什么人生的价值，花样繁多，扑朔迷离，令人眼花缭乱；然而他们说了些什么呢？恐怕连他们自己也是越谈越糊涂。以己之昏昏，焉能使人昭昭！

哲学家的哲学，至矣高矣。但是，恕我大不敬，他们的哲学同吾辈凡人不搭界，让这些哲学，连同它们的"家"，坐在神圣的殿堂里去独现辉煌吧！像我这样一个凡人，吃饱了饭没事儿的时候，有时也会想到人生问题。我觉得，我们"人"的"生"，绝对都是被动的。没有哪一个人能先制订一个诞生计划，然后再下生，一步步让计划实现。只有一个人是例外，他就是佛祖释迦牟尼。他住在天上，忽然想降生人寰，超度众生。先考虑要降生的国家，再考虑要降生的父母。考虑周详之后，才从容下降。但他是佛祖，不是吾辈凡人。

吾辈凡人的诞生，无一例外，都是被动的，一点儿主动也没有。我们糊里糊涂地降生，糊里糊涂地成长，有时也会糊里糊涂地夭折，当然也会糊里糊涂地寿登耄耋，像我这样。

生的对立面是死。对于死，我们基本上也是被动的。我们只有那么一点儿主动权，那就是自杀。但是，这点儿主动权却是不能随便使用的。除非万不得已，是绝不能使用的。

我在上面讲了那么些被动，那么些糊里糊涂，是不是我个人真正欣赏这一套、赞扬这一套呢？否，否，我决不欣赏和赞扬。我只是说了一点实话而已。

正相反，我倒是觉得，我们在被动中，在糊里糊涂中，还是能够有所作为的。我劝人们不妨在吃饱了燕窝鱼翅之后，或者在吃糠咽菜之后，或者在卡拉 OK、高尔夫之后，问一问自己：你为什么活着？活着难道就是为了恣睢地享受吗？难道就是为了忍饥受寒吗？问了这些简单的问题之后，会使你头脑清醒一点，会减少一些糊涂。谓予不信，请尝试之。

1996 年 11 月 9 日

# 再谈人生

人生这样一个变化莫测的万花筒，用千把字来谈，是谈不清楚的。所以来一个"再谈"。

这一回我想集中谈一下人性的问题。

大家知道，中国哲学史上，有一个不大不小的争论问题：人是性善，还是性恶？这两个提法都源于儒家。孟子主性善，而荀子主性恶。争论了几千年，也没有争论出一个名堂来。

记得鲁迅先生说过："人的本性是，一要生存，二要温饱，三要发展。"（记错了，由我负责）这同中国古代一句有名的话，精神完全是一致的："食色，性也。"食是为了解决生存和温饱的问题，色是为了解决发展问题，也就是所谓传宗接代。

我看，这不仅仅是人的本性，而且是一切动植物的本性。试放眼观看大千世界，林林总总，哪一个动植物不具备上述三个本能？动物姑且不谈，只拿距离人类更远的植物来说，"桃李无言"，它们不但不能行动，连发声也发不出来。然而，它们求生存和发展的欲望，却表现得淋漓尽致。桃李等结甜果子的植物，为什么结甜果子呢？无非是想让人和其他能行动的动物吃了甜果子把核带到远的或近的其他地方，落在地上，生入土中，能发芽、开花、结果，达到发展，即传宗接代的目的。

你再观察，一棵小草或其他植物，生在石头缝中，或者甚至压在石头块下，缺水少光，但是它们却以令人震惊得目瞪口呆的毅力，冲破了身上的重压，弯弯曲曲、忍辱负重地长了出来，由细弱变为强硬，由一根细苗甚至变成一棵大树，再作为一个独立体，继续顽强地实现那三种本性。"下自成蹊"，就是"无言"的结果吧。

你还可以观察，世界上任何动植物，如果放纵地任其发挥自己的本性，则在不太长的时间内，哪一种动植物也能长满、塞满我们生存的这一个小小的星球。那些已绝种或现在濒临绝种的动植物，属于另一个范畴，另有其原因，我以后还会谈到。

那么，为什么到现在还没有哪一种动植物——包括万物之灵的人类在内——能塞满了地球呢？

在这里，我要引老子的话："天地不仁，以万物为刍狗。"是造化小儿——谁也不知道，他究竟有没有？他究竟是什么样子？我不信什么上帝，什么天老爷，什么大梵天，宇宙间没有他们存在的地方。

但是，冥冥中似乎应该有这一类的东西，是他或它巧妙计算，不让动植物的本性光合得逞。

1996 年 11 月 12 日

# 三论人生

上一篇《再论》戛然而止，显然没有能把话说完，所以再来一篇《三论》。

造化小儿对禽兽和人类似乎有点区别对待的意思。它给你生存的本能，同时又遏制这种本能，方法或者手法颇多。制造一个对立面似乎就是手法之一，比如制造了老鼠，又制造它的天敌——猫。

对于人类，它似乎有点优待。它先赋予人类思想（动物有没有思想和言语是一个有争论的问题），又赋予人类良知良能。关于人类本性，我在上面已经谈到。我不大相信什么良知，什么"恻隐之心，人皆有之"；但是我又无从反驳。古人说："人之所以异于禽兽者几希。""几希"者，极少极少之谓也。即使是极少极少，总还是有的。我个人胡思乱想，我觉得，在对待生物的生存、温饱、发展的本能的态度上，就存在着一点点"几希"。

我们观察，老虎、狮子等猛兽，饿了就要吃别的动物，包括人在内。它们绝没有什么恻隐之心，绝没有什么良知。吃的时候，它们也绝不会像人吃人的时候那样，有时还会捏造一些我必须吃你的道理，做好"思想工作"。它们只是吃开了，吃饱为止。人类则有所不同。人与人当然也不会完全一样。有的人确实能够遏制自己的求生本能，表现出一定的良知和一定的恻隐之心。古往今来的许多仁人志士都是这方面的好榜样。他们为什么能为国捐躯？为什么能为了救别人而牺牲自己的性命？鲁迅先生所说的"中国的脊梁"，就是这样的人。孟子所谓的"浩然之气"，只有这样的人能有。禽兽中是绝不会有什么"脊梁"、有什么"浩然之气"的，这就叫作"几希"。

但是人也不能一概而论，有的人能够做到，有的人就做不到。像曹操说："宁教我负天下人，休教天下人负我！"他怎能做到这一步呢？

说到这里，就涉及伦理道德问题。我没有研究过伦理学，不知道怎样给道德下定义。我认为，能为国家、为人民、为他人着想而遏制自己本性的，就是有道德的人。能够百分之六十为他人着想，百分之四十为自己着想，他就是一个及格的好人。为他人着想的百分比越高越好，道德水平越高。百分之百，所谓"毫不利己，专门利人"的人是绝无仅有的。反之，为自己着想而不为他人着想的百分比，越高越坏。到了曹操那样，就算是坏到了顶。毫不利人、专门利己的人，普天之下倒是不老少的。说这话，有点泄气。无奈这是事实，我有什么办法？

1996 年 11 月 13 日

# 不完满才是人生

　　每个人都争取一个完满的人生。然而，自古及今，海内海外，一个百分之百完满的人生是没有的。所以我说，不完满才是人生。

　　关于这一点，古今的民间谚语、文人诗句说到的很多很多。最常见的比如苏东坡的词："人有悲欢离合，月有阴晴圆缺，此事古难全。"南宋方岳（根据吴小如先生考证）诗句："不如意事常八九，可与人言无二三。"这都是我们时常引用的、脍炙人口的。类似的例子还能够举出成百上千来。

　　这种说法适用于一切人，旧社会的皇帝老爷子也包括在里面。他们君临天下，"率土之滨，莫非王土"，可以为所欲为，杀人灭族，小事一端，按理说，他们不应该有什么不如意的事。然而，实际上，王位继承，宫廷斗争，比民间残酷万倍。他们威仪俨然地坐在宝座上，如坐针毡。虽然捏造了"龙御上宾"这种神话，他们自己也并不相信。他们想方设法以求得长生不老，他们最怕"一旦魂断，宫车晚出"。连英主如汉武帝、唐太宗之辈也不能"免俗"。汉武帝造承露金盘，妄想饮仙露以长生；唐太宗服印度婆罗门的灵药，期望借此以不死。结果，事与愿违，仍然是"龙御上宾"，呜呼哀哉了。

在这些皇帝手下的大臣们，"一人之下，万人之上"，权力极大，骄纵恣肆，贪赃枉法，无所不至。在这一类人中，好东西大概极少，否则包公和海瑞等绝不会流芳千古，久垂宇宙了。可这些人到了皇帝跟前，只是一个奴才。常言道：伴君如伴虎，可见他们的日子并不好过。据说明朝的大臣上朝时在笏板上夹带一点鹤顶红，一旦皇恩浩荡，钦赐极刑，连忙用舌尖舔一点鹤顶红，立即涅槃，落得一个全尸。可见这一批人的日子也并不好过，谈不到什么完满的人生。

至于我辈平头老百姓，日子就更难过了，一直到今天仍然是"不如意事常八九"。早晨在早市上被小贩"宰"了一刀；在公共汽车上被扒手割了包，踩了人一下，或者被人踩了一下，根本不会说"对不起"了，代之以对骂，或者甚至演出全武行。到了商店，难免买到假冒伪劣的商品，又得生一肚子气，谁能说，我们的人生多是完满的呢？

再说到我们这一批手无缚鸡之力的知识分子，在历史上一生中就难得过上几天好日子。只一个"考"字，就能让你谈"考"色变。"考"者，考试也。在旧社会科举时代，"千军万马独木桥"，要上进，只有科举一途，你只需读一读吴敬梓的《儒林外史》，就能淋漓尽致地了解科举的情况。以周进和范进为代表的那一批举人进士，其窘态难道还不能让你胆战心惊、啼笑皆非吗？

现在我们运气好，得生于新社会中。然而那一个"考"字，宛如如来佛的手掌，你别想逃脱得了。幼儿园升小学，考；小学升初中，考；初中升高中，考；高中升大学，考；大学毕业想当硕士，考；硕士想当博士，考。考，考，考，变成烤，烤，烤；一直到知天命之年，厄运仍然难免，现代知识分子落到这一张密而不漏的天网中，无所逃于天地之间，我们的人生还谈什么完满呢？

　　灾难并不限于知识分子："人人有一本难念的经。"所以我说"不完满才是人生"。这是一个"平凡的真理"；但是真能了解其中的意义，对己对人都有好处。对己，可以不烦不躁；对人，可以互相谅解。这会大大地有利于整个社会的安定团结。

1998 年 8 月 20 日

# 人生的意义与价值

当我还是一个青年大学生的时候，报刊上曾刮起一阵讨论人生的意义与价值的微风，文章写了一些，议论也发表了一通。我看过一些文章，但自己并没有参与进去。原因是，有的文章不知所云，我看不懂。更重要的是，我认为这种讨论本身就无意义、无价值，不如实实在在地干几件事好。

时光流逝，一转眼，自己已经到了望九之年，活得远远超过了我的预算。有人认为长寿是福，我看也不尽然。人活得太久了，对人生的种种相，众生的种种相，看得透透彻彻，反而鼓舞时少，叹息时多。远不如早一点离开人世这个是非之地，落一个耳根清净。

那么，长寿就一点儿好处都没有吗？也不是的。这对了解人生的意义与价值，会有一些好处的。

根据我个人的观察，对世界上绝大多数人来说，人生一无意义，二无价值。他们也从来不考虑这样的哲学问题。走运时，手里攥满了钞票，白天两顿美食城，晚上一趟卡拉 OK，玩一点儿小权术，耍一点儿小聪明，甚至恣睢骄横，飞扬跋扈，昏昏沉沉，浑浑噩噩，等到钻入了骨灰盒，也不明白自己为什么活过一生。

其中不走运的则穷困潦倒，终日为衣食奔波，愁眉苦脸，长吁短叹。即使日子还能过得去的，不愁衣食，能够温饱，然而也终日忙忙碌碌，被困于名缰，被缚于利索。同样是昏昏沉沉，浑浑噩噩，不知道为什么活过一生。

对这样的芸芸众生，人生的意义与价值从何处谈起呢？

我自己也属于芸芸众生之列，也难免浑浑噩噩，并不比任何人高一丝一毫。如果想勉强找一点区别的话，那也是有的：我，当然还有一些别的人，对人生有一些想法，动过一点儿脑筋，而且自认这些想法是有点道理的。

我有些什么想法呢？话要说得远一点儿。当今世界上战火纷飞，人欲横流，"黄钟毁弃，瓦釜雷鸣"，是一个十分不安定的时代。但是，对于人类的前途，我始终是一个乐观主义者。我相信，不管还要经过多少艰难曲折，不管还要经历多少时间，人类总会越变越好的，人类大同之域绝不会仅仅是一个空洞的理想。但是，想要达到这个目的，必须经过无数代人的共同努力。有如接力赛，每一代人都有自己的一段路程要跑。又如一条链子，是由许多环组成的，每一环从本身来看，只不过是微不足道的一点东西；但是没有这一点东西，链子就组不成。在人类社会发展的长河中，我们每一代人都有自己的任务，而且是绝非可有可无的。如果说人生有意义与价值的话，其意义与价值就在这里。

但是，这个道理在人类社会中只有少数有识之士才能理解。鲁迅先生所称之"中国的脊梁"，指的就是这种人。对于那些肚子里吃满了肯德基、麦当劳、比萨饼，到头来终不过是浑浑噩噩的人来说，有如夏虫不足以与之语冰，这些道理是没法谈的。他们无法理解自己对人类发展所应当承担的责任。

话说到这里，我想把上面说的意思简短扼要地归纳一下：如果人生真有意义与价值的话，其意义与价值就在于对人类发展承上启下、承前启后的责任感。

1995 年

# 世态炎凉

　　世态炎凉，古今所共有，中外所同然，是最稀松平常的事，用不着多伤脑筋。元曲《冻苏秦》中说："也素把世态炎凉心中暗忖。"《隋唐演义》中说："世态炎凉，古今如此。"不管是"暗忖"，还是明忖，反正你得承认这个"古今如此"的事实。

　　但是，对世态炎凉的感受或认识的程度，却是随年龄的大小和处境的不同而很不相同的，绝非大家都一模一样。我在这里发现了一条定理：年龄大小与处境坎坷同对世态炎凉的感受成正比。年龄越大，处境越坎坷，则对世态炎凉感受越深刻。反之，年龄越小，处境越顺利，则感受越肤浅。这是一条放诸四海而皆准的定理。

　　我已到望九之年，在八十多年的生命历程中，一波三折，好运与多舛相结合，坦途与坎坷相混杂，几度倒下，又几度爬起来，爬到今天这个地步，我可是真正参透了世态炎凉的玄机，尝够了世态炎凉的滋味。特别是"文革"中，我因为胆大包天，自己跳出来反对"北大"那一位炙手可热的"老佛爷"，被戴上了种种莫须有的帽子，被"打"成了反革命，遭受了极其残酷的至今回想起来还毛骨悚然的折磨。从牛棚里放出来以后，有长达几年的一段时间，我成了燕园中一个"不可接触者"。走在路上，当年我辉煌时对我低头弯腰毕恭毕敬的人，那时却视若路人，没有哪一个敢或肯跟我说一句话的。我也不习惯于抬头看人，同人说话。我这个人已经异化为"非人"。一天，我的孙子发烧到四十摄氏度，老祖和我用破自行车推着到校医院去急诊。一个女同事竟吃了老虎心豹子胆似的，帮我这个已经步履蹒跚的花甲老人推了推车。我当时感动得热泪盈眶，如吸甘露，如饮醍醐。这件事、这个人我毕生难忘。

雨过天晴，云开雾散，我不但"官"复原职，而且还加官晋爵，又开始了一段辉煌。原来是门可罗雀，现在又是宾客盈门。你若问我有什么想法没有，想法当然是有的，一个忽而上天堂、忽而下地狱，又忽而重上天堂的人，哪能没有想法呢？我想的是：世态炎凉，古今如此。任何一个人，包括我自己在内，以及任何一个生物，从本能上来看，总是趋吉避凶的。因此，我没怪罪任何人——包括打过我的人。我没有对任何人打击报复。并不是由于我度量特别大，能容天下难容之事，而是由于我洞明世事，又反求诸躬。假如我处在别人的地位上，我的行动不见得会比别人好。

1997 年

# 禅趣人生

浙江人民出版社的杨女士给我来信，说要编辑一套"禅趣人生"丛书，"内容可包括佛禅与人生的方方面面"。"我们希望通过当代学者对于人生的一种哲学思考，给读者特别是青年读者一些中国传统文化的熏陶，给被大众文化淹溺着的当今读书界、文化界留一小块净土，也为今天人文精神的重建尽一份努力。"无疑，这些都是极其美妙的想法，有意义，有价值，我毫无保留地赞成和拥护。

但是，我却没有立即回信。原因绝不是我倨傲不恭、妄自尊大，而是因为我感到这任务过分重大，我惶恐觳觫，不敢贸然应命。其中还掺杂着一点自知之明和偏见。我生无慧根，对于哲学和义理之类的东西，不感兴趣。特别是禅学，我更感到头痛。少一半是因为我看不懂。我总觉得这一套东西恍兮惚兮，杳冥无迹。禅学家常用"羚羊挂角，无迹可寻"来作比喻，比喻是生动恰当的。然而困难也即在其中。既然无迹可寻，我们还寻什么呢？庄子所说得鱼忘筌，得意忘言。我在这里实在是不知道何所得，又何所忘，古今中外，关于禅学的论著可谓多矣。我也确实读了不少。但是，说一句老实话，我还没有看到任何书、任何人能把"禅"说清楚的。

也许妙就妙在说不清楚。一说清楚，即落言筌。一落言筌，则情趣尽失。这种审美境界和思想境界，西方人是无法理解的。他们对任何东西都要求分析、分析、再分析。而据我个人的看法，分析只是人的思维方式之一，此外还有综合的思维方式，这是我们东方人所特有，至少是所擅长的。我现在正在读苗东升和刘华杰的《混沌学纵横谈》。"混沌学"是一个新兴的但有无限前途的学科。我曾多次劝人们，特别是年轻人，注意"模糊学"和"混沌学"，现在有了这样一本书，我说话也有了根据，而且理直气壮了。我先从这本书里引一段话："以精确的观察、实验和逻辑论证为基本方法的传统科学研究，在进入人的感觉远远无法达到的现象领域之后，遇到了前所未有的困难。因为在这些现象领域中，仅仅靠实验、抽象、逻辑推理来探索自然奥秘的做法行不通了，需要将理性与直觉结合起来。对于认识尺度过小或过大的对象，直觉的顿悟、整体的把握十分重要。"这些想法，我曾有过。我看了这一本书以后，实如空谷足音。对于中国的"禅"，是否也可以从这里"切入"（我也学着使用一个新名词），去理解，去掌握？目前我还说不清楚。

话扯得远了，我还是"书归正传"吧！我在上面基本上谈的是"自知之明"。现在再来谈一谈"偏见"。我的"偏见"主要是针对哲学的，针对"义理"的。我上面已经说过，我对此不感兴趣。我的脑袋呆板，我喜欢摸得着看得见的东西，也就是实实在在的东西。哲学这东西太玄乎，太圆融无碍，宛如天马行空。而且公说公有理，婆说婆有理。今天这样说，有理；明天那样说，又有理。有的哲学家观察宇宙、人生和社会，时有非常深刻、机敏的意见，令我叹服。但是，据说真正的大哲学家必须自成体系。体系不成，必须追求。一旦体系形成，则既不圆融，也不无碍，而是捉襟见肘，削足适履。这一套东西我玩不了。因此，在旧时代三大学科体系（义理、辞章、考据）中，我偏爱后两者，而不敢碰前者。这全是天分所限，并不是对义理有什么微词。

以上就是我的基本心理状态。

现在杨女士却对我垂青，要我作"哲学思考"，侈谈"禅趣"，我焉能不诚惶诚恐呢？这就是我把来信搁置不答的真正原因。我的如意算盘是，我稍搁置，杨女士担当编辑重任，时间一久，就会把此事忘掉，我就可以逍遥自在了。

然而事实却大出我意料，她不但没有忘掉，而且打来长途电话，直捣黄龙，令我无所逃于天地之间。我有点惭愧，又有点惶恐。但是，心里想的却是：按既定方针办。我连忙解释，说我写惯了考据文章。关于"禅"，我只写过一篇东西，而且是被赶上了架才写的，当然属于"野狐"一类。我对她说了许多话，实际上却是"居心不良"，想推掉了事，还我一个逍遥自在身。

可是我万万没有想到，正当我颇为得意的时候，杨女士的长途电话又来了，而且还是两次。昔者刘先主三顾茅庐，躬请卧龙先生出山，共图霸业。藐予小子，焉敢望卧龙先生项背！三请而仍拒，岂不是太不识相了吗？我痛自谴责，要下决心认真对待此事了。我拟了一个初步选目。过后自己一看，觉得好笑，选的仍然多是考据的东西。我大概已经病入膏肓，脑袋瓜变成了花岗岩，已经快到不可救药的程度了。于是决心改弦更张，又得我多年的助手李铮先生之助，终于选成了现在这个样子。这里面不能说没有涉及禅趣，也不能说没有涉及人生。但是，把这些文章综合起来看，我自己的印象是一碗京海杂烩。可这种东西为什么竟然敢拿出来给人看呢？自己"藏拙"不是更好吗？我的回答是：我在任何文章中讲的都是真话，我不讲半句谎话。而且我已经到了耄耋之年，一生并不是老走阳光大道，独木小桥我也走过不少。因此，酸、甜、苦、辣，悲、欢、离、合，我都尝了个够。发为文章，也许对读者，特别是青年读者，不无帮助。这就是我斗胆拿出来的原因。倘若读者——不管是老中青年——真正能从我在长达八十多年对生活的感悟中学到一点有益的东西，那我就十分满意了。至于杨女士来信中提到的那一些想法或者要求，我能否满足或者满足到什么程度，那就只好请杨女士自己来下判断了。

　　是为序。

1995 年 8 月 15 日于北大燕园

（此文为《人生絮语》一书序言）

# 知足知不足

曾见冰心老人为别人题座右铭：“知足知不足，有为有不为。”言简意赅，寻味无穷。特写短文两篇，稍加诠释。先讲知足知不足。

中国有一句老话："知足常乐。"为大家所遵奉。什么叫"知足"呢？还是先查一下字典吧。《现代汉语词典》说："知足，满足于已经得到的（指生活、愿望等）。"如果每个人都能满足于已经得到的东西，则社会必能安定，天下必能太平，这个道理是显而易见的。可是社会上总会有一些人不安分守己，癞蛤蟆想吃天鹅肉。这样的人往往要栽大跟头的。对他们来说，"知足常乐"这句话就成了灵丹妙药。

但是，知足或者不知足也要分场合的。在旧社会，穷人吃草根树皮，阔人吃燕窝鱼翅。在这样的场合下，你劝穷人知足，能劝得动吗？正相反，应当鼓励他们不能知足，要起来斗争。这样的不知足是正当的，是有重大意义的，它能伸张社会正义，能推动人类社会前进。

除了场合以外，知足还有一个分（fèn）的问题。什么叫分？笼统言之，就是适当的限度。人们常说的"安分""非分"等，指的就是限度。这个限度也是极难掌握的，是因人而异、因地而异的。勉强找一个标准的话，那就是"约定俗成"。我想，冰心老人之所以写这一句话，其意不过是劝人少存非分之想而已。

至于知不足，在汉文中虽然字面上相同，其含义则有差别。这里所谓"不足"，指的是"不足之处""不够完美的地方"。这句话同"自知之明"有联系。

自古以来，中国就有一句老话："人贵有自知之明。"这一句话暗示给我们，有自知之明并不容易。否则，这一句话就用不着说了。事实上也确实如此。就拿现在来说，我所见到的人，大都自我感觉良好。专以学界而论，有的人并没有读几本书，却不知天高地厚，以天才自居，靠自己一点小聪明——这能算得上聪明吗？——狂傲恣睢，骂尽天下一切文人，大有用一管毛锥横扫六合之概，令明眼人感到既可笑，又可怜。这种人往往没有什么出息。因为，又有一句中国老话："学如逆水行舟，不进则退。"还有一句中国老话："学海无涯。"说的都是真理。但在这些人眼中，他们已经穷了学海之源，往前再没有路了，进步是没有必要的。他们除了自我欣赏之外，还能有什么出息呢？

古希腊人也认为自知之明是可贵的，所以语重心长地说出了："要了解你自己！"中国同希腊相距万里，可竟说了几乎是一模一样的话，可见这些话是普遍的真理。中外几千年的思想史和科学史，也都证明了一个事实：只有知不足的人才能为人类文化做出贡献。

2001 年 2 月 21 日

# 有为有不为

"为"，就是"做"。应该做的事，必须去做，这就是"有为"。不应该做的事必不能做，这就是"有不为"。

在这里，关键是"应该"二字。什么叫"应该"呢？这有点像仁义的"义"字。韩愈给"义"字下的定义是"行而宜之之谓义"。"义"就是"宜"，而"宜"就是"合适"，也就是"应该"，但问题仍然没有解决。要想从哲学上、从伦理学上说清楚这个问题，恐怕要写上一篇长篇论文，甚至一部大书。我没有这个能力，也认为根本无此必要。我觉得，只要诉诸一般人都能够有的良知良能，就能分辨清是非善恶了，就能知道什么事应该做，什么事不应该做了。

中国古人说："勿以善小而不为，勿以恶小而为之。"可见善恶是有大小之别的，应该不应该也是有大小之别的，并不是都在一个水平上。什么叫大，什么叫小呢？这里也用不着烦琐的论证，只需动一动脑筋，睁开眼睛看一看社会，也就够了。

小恶、小善，在日常生活中随处可见，比如，在公共汽车上给老人和病人让座，能让，算是小善；不能让，也只能算是小恶，够不上大逆不道。然而，从那些一看到有老人或病人上车就立即装出闭目养神的样子的人身上，不也能由小见大看出了社会道德的水平吗？

至于大善大恶，目前社会中也可以看到，但在历史上却看得更清楚。比如宋代的文天祥。他为元军所虏。如果他想活下去，屈膝投敌就行了，不但能活，而且还能有大官做，最多是在身后被列入"贰臣传"，"身后是非谁管得"，管那么多干吗呀。然而他却高赋《正气歌》，从容就义，留下英名万古传，至今还在激励着我们全国人民的爱国热情。

通过上面举的一个小恶的例子和一个大善的例子，我们大概对大小善和大小恶能够得到一个笼统的概念了。凡是对国家有利、对人民有利、对人类发展前途有利的事情就是大善，反之就是大恶。凡是对处理人际关系有利，对保持社会安定团结有利的事情可以称之为小善，反之就是小恶。大小之间有时难以区别，这只不过是一个大体的轮廓而已。

大小善和大小恶有时候是有联系的。俗话说："千里之堤，溃于蚁穴。"拿眼前常常提到的贪污行为而论，往往是先贪污少量的财物，心里还有点打鼓。但是，一旦得逞，尝到甜头，又没被人发现，于是胆子越来越大，贪污的数量也越来越多，终至于一发而不可收拾，最后受到法律的制裁，悔之晚矣。也有个别的识时务者，迷途知返，就是所谓浪子回头者，然而难矣哉！

我的希望很简单，我希望每个人都能有为有不为。一旦"为"错了，就毅然回头。

2001 年 2 月 23 日

# 成　功

　　什么叫成功？顺手拿来一本《现代汉语词典》，上面写道："成功：获得预期的结果"，言简意赅，明白之至。

　　但是，谈到"预期"，则错综复杂，纷纭混乱。人人每时每刻每日每月都有大小不同的预期，有的成功，有的失败，总之是无法界定，也无法分类，我们不去谈它。

　　我在这里只谈成功，特别是成功之道。这又是一个极大的题目，我却只是小做。积七八十年之经验，我得到了下面这个公式：

$$天资 + 勤奋 + 机遇 = 成功$$

　　"天资"，我本来想用"天才"；但天才是个稀见现象，其中不少是"偏才"，所以我弃而不用，改用"天资"，大家一看就明白。这个公式实在是过分简单化了，但其中的含义是清楚的。搞得太烦琐，反而不容易说清楚。

　　谈到天资，首先必须承认，人与人之间天资是不相同的，这是一个事实，谁也否定不掉。"文革"中，自命天才的人居然号召大批天才，葫芦里卖的是什么药，至今不解。到了今天，学术界和文艺界自命天才的人颇不稀见，我除了羡慕这些人"自我感觉过分良好"外，不敢赞一词。对于自己的天资，我看，还是客观一点好，实事求是一点好。

至于勤奋，一向为古人所赞扬。囊萤、映雪、悬梁、刺股等故事流传了千百年，家喻户晓。韩文公的"焚膏油以继晷，恒兀兀以穷年"，更为读书人所向往。如果不勤奋，则天资再高也毫无用处。事理至明，无待饶舌。

谈到机遇，往往为人所忽视。它其实是存在的，而且有时候影响极大。就以我自己为例，如果清华不派我到德国去留学，则我的一生完全不会像现在这个样子。

把成功的三个条件拿来分析一下，天资是由"天"来决定的，我们无能为力。机遇是不期而来的，我们也无能为力。只有勤奋一项完全是我们自己决定的，我们必须在这一项上狠下功夫。在这里，古人的教导也多得很。还是先举韩文公。他说："业精于勤荒于嬉，行成于思毁于随。"这两句话是大家都熟悉的。

王静安在《人间词话》中说："古今之成大事业大学问者必经过三种之境界：'昨夜西风凋碧树，独上高楼，望尽天涯路'，此第一境也。'衣带渐宽终不悔，为伊消得人憔悴'，此第二境也。'众里寻他千百度，蓦然回首，那人却在，灯火阑珊处'，此第三境也。"静安先生第一境写的是预期。第二境写的是勤奋。第三境写的是成功。其中没有写天资和机遇。我不敢说，这是他的疏漏，因为写的角度不同。但是，我认为，补上天资与机遇，似更为全面。

我希望，大家都能拿出"衣带渐宽终不悔"的精神来做学问或干事业，这是成功的必由之路。

2000 年 1 月 7 日

# 毁　誉

　　好誉而恶毁，人之常情，无可非议。

　　古代豁达之人倡导把毁誉置之度外。我则另持异说，我主张把毁誉置之度内。置之度外，可能表示一个人心胸开阔，但是，我有点担心，这有可能表示一个人的糊涂或颟顸。

　　我主张对毁誉要加以细致的分析。首先要分清：谁毁你？谁誉你？在什么时候？在什么地方？由于什么原因？这些情况弄不清楚，只谈毁誉，至少是有点模糊。

　　我记得在什么笔记上读到过一个故事。一个人最心爱的人，只有一只眼。于是他就觉得天下人（一只眼者除外）都多长了一只眼。这样的毁誉能靠得住吗？

　　还有我们常常讲什么"党同伐异"，又讲什么"臭味相投"，等等。这样的毁誉能相信吗？

　　孔门贤人子路"闻过则喜"，古今传为美谈。我根本做不到，而且也不想做到，因为我要分析：是谁说的？在什么时候、在什么地点、因为什么而说的？分析完了以后，再定"则喜"，或是"则怒"。喜，我不会过头。怒，我也不会火冒十丈，怒发冲冠。孔子说："野哉，由也！"大概子路是一个粗线条的人物，心里没有像我上面说的那些弯弯绕。

我自己有一个颇为不寻常的经验。我根本不知道世界上有某一位学者，过去对于他的存在，我一点都不知道，然而，他却同我结了怨。因为，我现在所占有的位置，他认为本来是应该属于他的，是我这个"鸠"把他这个"鹊"的"巢"给占据了。因此，勃然对我心怀不满。我被蒙在鼓里，很久很久，最后才有人透了点风给我。我不知道，天下竟有这种事，只能一笑置之。不这样又能怎样呢？我想向他道歉，挖空心思，也找不出丝毫理由。

大千世界，芸芸众生，由于各人禀赋不同，遗传基因不同，生活环境不同，所以各人的人生观、世界观、价值观、好恶观等，都不会一样，都会有点差别。比如吃饭，有人爱吃辣，有人爱吃咸，有人爱吃酸，如此等等。又比如穿衣，有人爱红，有人爱绿，有人爱黑，如此等等。在这种情况下，最好是各人自是其是，而不必非人之非。俗语说："各人自扫门前雪，不管他人瓦上霜。"这话本来有点贬义，我们可以正用。每个人都会有友，也会有"非友"，我不用"敌"这个词儿，避免误会。友，难免有誉；非友，难免有毁。碰到这种情况，最好抱上面所说的分析的态度，切不要笼而统之，一锅糊涂粥。

好多年来，我曾有过一个"良好"的愿望：我对每个人都好，也希望每个人对我都好。只望有誉，不能有毁。最近我恍然大悟，那是根本不可能的。如果真有一个人，人人都说他好，这个人很可能是一个极端圆滑的人，圆滑到琉璃球又能长只脚的程度。

1997 年 6 月 23 日

# 道路终于找到了

在哥廷根，我要走的道路终于找到了——我指的是梵文的学习。这条道路，我已经走了将近六十年，今后还将走下去，直到不能走路的时候。

这条道路同哥廷根大学是分不开的。因此我在这里要讲讲大学。

我在上面已经对大学介绍了几句，因为，要想介绍哥廷根，就必须介绍大学。我们甚至可以说，哥廷根之所以成为哥廷根，就是因为有这一所大学。这所大学创建于中世纪，至今已有几百年的历史，是欧洲较为古老的大学之一。它共有五个学院：哲学院、理学院、法学院、神学院、医学院。一直没有一座统一的建筑，没有一座统一的大楼。各个学院分布在全城各个角落，研究所更是分散得很，许多大街小巷都有大学的研究所。学生宿舍更没有大规模的。小部分学生住在各自的学生会中，绝大部分分住在老百姓家中。行政中心叫 Aula，楼下是教学和行政部门，楼上是哥廷根科学院。文法学科上课的地方有两个：一个叫大讲堂

（Auditorium），一个叫研究班大楼（Seminargebäude）。白天，大街上走的人中有一大部分是到各地上课的男女大学生。熙熙攘攘，煞是热闹。

在历史上，大学出过许多名人。德国最伟大的数学家高斯（Gauss）就是这个大学的教授。在高斯以后，这里还出过许多大数学家。从 19 世纪末起，一直到我去的时候，这里公认是世界的数学中心。当时，当代最伟大的数学家大卫·希尔伯特（David Hilbert）虽已退休，但还健在。他对中国学生特别友好。我曾在一家书店里遇到过他，他走上前来，跟我打招呼。除了数学以外，理科学科中的物理、化学、天文、气象、地质等，教授阵容都极强大。有几位诺贝尔奖奖金获得者在这里任教。蜚声全球的化学家 A. 温道斯（A. Windaus）就是其中之一。

文科教授的阵容，同样也是强大的。在德国文学史和学术史上占有重要地位的格林兄弟，都在哥廷根大学待过。他们的童话流行全世界，在中国也可以说是家喻户晓。他们的大字典，一百多年以后才由许多德国专家编纂完成，成为德国语言研究中的一件大事。

哥廷根大学文理科的情况大体就是这样。

在这样一座面积虽不大但对我这样一个异域青年来说仍然像迷宫一样的大学城里，要想找到有关的机构，找到上课的地方，实际上是并不容易的。如果没有人协助、引路，那就会迷失方向。我三生有幸，找到了这样一个引路人，这就是章用。章用的父亲是鼎鼎大名的"老虎总长"章士钊。外祖父是在朝鲜统兵抗日的吴长庆。母亲是吴弱男，曾做过孙中山的秘书，名字见于钱基博的《现代中国文学史》。总之，他出身于世家大族，书香名门。但却同我在柏林见到的那些"衙内"完全不同，一点儿纨绔习气也没有。毋宁说他有点儿孤高自赏，一身书生气。他家学渊源，对中国古典文献有很深的造诣，能写古文，作旧诗，却偏又喜爱数学，于是来到了哥廷根这个世界数学中心读博士学位。我到的时候，他已经在这里住了五六年，老母吴弱男陪儿子住在这里。哥廷根的中国留学生本来只有三四人。章用脾气孤傲，不同他们来往。我因从小喜好杂学，读过不少的中国古典诗词，对文学、艺术、宗教等有自己的一套看法。乐森璕先生介绍我认识了章用，经过几次短暂的谈话，简直可以说是一见如故，情投意合。他也许认为我同那些言语乏味、面目可憎的中国留学生迥乎不同，所以立即垂青，心心相印。他赠过一首诗：

> 空谷足音一识君
>
> 相期诗伯苦相薰
>
> 体裁新旧同尝试
>
> 胎息中西沐见闻
>
> 胸宿赋才徕物与
>
> 气嘘大笔发清芬
>
> 千金敝帚孰轻重
>
> 后世凭猜定小文

可见他的心情。我也认为，像章用这样的人，在柏林中国饭馆里面是绝对找不到的，所以也很乐于同他亲近。章伯母有一次对我说："你来了以后，章用简直像变了一个人。他平常是绝对不去拜访人的，现在一到你家，就老是不回来。"我初到哥廷根，陪我奔波全城，到大学教务处，到研究所，到市政府，到医生家里，等等，注册选课，办理手续的，就是章用。他穿着那一身黑色的旧大衣，动摇着瘦削不高的身躯，陪我到处走。此情此景，至今宛然如在眼前。

他带我走熟了哥廷根的路；但我自己要走的道路还没能找到。

我在上面提到，初到哥廷根时，就有意学习古代文字。但这只是一种朦朦胧胧的想法，究竟要学习哪一种古文字，自己并不清楚。在柏林时，汪殿华曾劝我学习希腊文和拉丁文，认为这是当时祖国所需要的。到了哥廷根以后，同章用谈到这个问题，他劝我只读希腊文，如果兼读拉丁文，两年时间来不及。在德国中学里，要读八年拉丁文，六年希腊文。文科中学毕业的学生，个个精通这两种欧洲古典语言，我们中国学生完全无法同他们在这方面竞争。我经过初步考虑，听从了他的意见。第一学期选课，就以希腊文为主。德国大学是绝对自由的。只要中学毕业，就可以愿意入哪个大学，就入哪个，不懂什么叫入学考试。入学以后，愿意入哪个系，就入哪个；愿意改系，随时可改；愿意选多少课、选什么课，悉听尊便；学文科的可以选医学、神学的课；也可以只选一门课，或者选十门、八门。上课时，愿意上就上，不愿意上就走；迟到早退，完全自由。从来没有课堂考试。有的课开课时需要教授签字，这叫开课前的报到（Anmeldung），学生就拿课程登记簿（Studienbuch）请教授签；有的在结束时还需要教授签字，这叫课程结束时的教授签字（Abmeldung）。此时，学生与教授可以说是没有多少关系。有的学生，初入大学时，一学年，或者甚至一学期换一个大学。几经转学，二三年以后，选中了自己满意的大学、满意的系科，才安定住下，同教授接触，请求参加他的研究班，经过一两个研究班，师生互相了解了，教授认为孺子可教，才给博士论文题目。再经过几年努力写作，教授满意了，就举行论文口试答辩，及格后，就能拿到博士学位。在德国，是教授说了算，什么院长、校长、部长都无权干预教授的决定。如果一个学生不想做论文，绝没有人强迫他。只要有钱，他可以十年八年地念下去。这就叫作"永恒的学生"（Ewiger Student），是一种全世界所无的稀有动物。

我就是在这样一种绝对自由的气氛中，在第一学期选了希腊文。另外又杂七杂八地选了许多课，每天上课六小时。我的用意是练习听德文，并不想学习什么东西。

我选课虽然以希腊文为主，但是学习情绪时高时低，始终并不坚定。第一堂课印象就不好。1935 年 12 月 5 日日记中写道：

> 上了课，Rabbow 的声音太低，我简直听不懂。他
> 也不问我，如坐针毡，难过极了。下了课走回家的时候，
> 痛苦啃着我的心——我在哥廷根做的唯一的美丽的梦，

就是学希腊文。然而，照今天的样子来看，学希腊文又成了一种绝大的痛苦。我岂不将要一无所成了吗？

日记中这样动摇的记载还有多处，可见信心之不坚。其间，我还自学了一段时间的拉丁文。最有趣的是，有一次自己居然想学古埃及文。心情之混乱可见一斑。

这都说明，我还没有找到要走的路。

至于梵文，我在国内读书时，就曾动过学习的念头。但当时国内没有人教梵文，所以愿望没有能实现。来到哥廷根，认识了一位学冶金学的中国留学生湖南人龙丕炎（范禹），他主攻科技，不知道为什么却学习过两个学期的梵文。我来到时，他已经不学了，就把自己用的施滕茨勒（Stenzler）著的一本梵文语法送给了我。我同章用也谈过学梵文的问题，他鼓励我学。于是，在我选择道路徘徊踟蹰的混乱中，又增加了一层混乱。幸而这混乱只是暂时的，不久就从混乱的阴霾中流露出了阳光。12 月 16 日日记中写道：

> 我又想到我终于非读 Sanskrit（梵文）不行。中国文化受印度文化的影响太大了。我要对中印文化关系彻底研究一下，或能有所发明。在德国能把想学的几种文字学好，也就不虚此行了。尤其是 Sanskrit，回国后再想学，不但没有那样的机会，也没有那样的人。

第二天的日记中又写道：

> 我又想到 Sanskrit，我左想右想，觉得非学不行。

1936 年 1 月 2 日的日记中写道：

> 仍然决意读 Sanskrit。自己兴趣之易变，使自己都有点吃惊了。决意读希腊文的时候，自己发誓而且希望，这次不要再变了，而且自己也坚信不会再变了，但终于又变了。我现在仍然发誓而且希望不要再变了。再变下去，会一无所成的。不知道 Schicksal（命运）可能允许我这次坚定我的信念吗？

我这次的发誓和希望没有落空，命运允许我坚定了我的信念。

我毕生要走的道路终于找到了，我沿着这一条道路一走走了半个多世纪，一直走到现在，而且还要走下去。

哥廷根实际上是学习梵文最理想的地方。除了上面说到的城市幽静、风光旖旎之外，哥廷根大学有悠久的研究梵文和比较语言学的传统。19 世纪上半叶研究《五卷书》的一个转译本《卡里来和迪木乃》的大家、比较文学史学的创建者本发伊（T. Benfey）就曾在这里任教。19 世纪末弗朗茨·基尔霍（Franz Kielhorn）在此地任梵文教授。接替他的是海尔曼·奥尔登堡（Hermann Oldenberg）教授。奥尔登堡教授的继任人是读通吐火罗文残卷的大师西克教授。1935 年，西克退休，瓦尔德施米特接掌梵文讲座，这正是我到哥廷根的时候。被印度学者誉为活着的最伟大的梵文家雅可布·瓦克尔纳格尔（Jakob Wackernagel）曾在比较语言学系任教。真可谓梵学天空群星灿列。再加上大学图书馆，历史极久，规模极大，藏书极富，名声极高，梵文藏书甲德国，据说都是基尔霍恩从印度搜罗到的。这样的条件，在德国当时，是无与伦比的。

我决心既下，1936年春季开始的那一学期，我选了梵文。4月2日，我到高斯—韦伯楼东方研究所去上第一课。这是一座非常古老的建筑，当年大数学家高斯和大物理学家韦伯（Weber）试验他们发明的电报，就在这座房子里，它因此名扬全球。楼下是埃及学研究室，巴比伦、亚述、阿拉伯文研究室。楼上是斯拉夫语研究室，波斯、土耳其语研究室和梵文研究室。梵文课就在研究室里上。这是瓦尔德施米特教授第一次上课，也是我第一次同他会面。他看起来非常年轻。他是柏林大学梵学大师海因里希·吕德斯（Heinfich Lüders）的学生，是研究新疆出土的梵文佛典残卷的专家，虽然年轻，已经在世界梵文学界颇有名声。可是选梵文课的却只有我一个学生，而且还是外国人。虽然只有一个学生，他仍然认真严肃地讲课，一直讲到四点才下课。这就是我梵文学习的开始。研究所有一个小图书馆，册数不到一万，然而对一个初学者来说，却是应有尽有。最珍贵的是奥尔登堡的那一套上百册的德国和世界各国梵文学者寄给他的论文汇集，分门别类，装订成册，大小不等，语言各异。如果自己去搜集，那是无论如何也不会这样齐全的，因为有的杂志非常冷僻，到大图书馆都不一定能查到。在临街的一面墙上，在镜框里贴着德国梵文学家的照片，有三四十人之多。从中可见德国梵学之盛。这是德国学术界十分值得骄傲的地方。

我从此就天天到这个研究所来。

我从此就找到了我真正想走的道路。

# 完成学业，尝试回国

　　精神是苦闷的，形势是严峻的；但是我的学业仍然照常进行。

　　在我选定的三个系里，学习都算是顺利。主系梵文和巴利文，第一学期，瓦尔德施米特教授讲梵文语法，第二学期就念梵文原著《那罗传》，接着读迦梨陀娑的《云使》等。从第五学期起，就进入真正的 Seminar（讨论班），读中国新疆吐鲁番出土的梵文佛经残卷，这是瓦尔德施米特教授的拿手好戏，他的老师 H. 吕德斯（H. Lüders）和他自己都是这方面的权威。第六学期开始，他同我商量博士论文的题目，最后定为研究《大事》(*Mahāvastu*)偈陀部分的动词变化。我从此就在上课、教课之余，利用一切可利用的时间，啃那厚厚的三大册《大事》。第二次世界大战爆发后不久，我的教授被征从军。已经退休的西克教授，以垂暮之年，出来代替他上课。西克教授真正是诲人不倦，第一次上课他就对我郑重宣布：他要把自己毕生最专长的学问，统统地毫无保留地全部传授给我，一个是《梨俱吠陀》，一个是印度古典语法《大疏》，一个是《十王子传》，最后是吐火罗文。他是读通了吐火罗文的世界大师。就这样，在瓦尔德施米特教授从军期间，我就一方面写论文，一方面跟西克教授上课。学习是顺利的。

一个副系是英国语言学，我也照常上课，这些课也都是顺利的。

专就博士论文而论，这是学位考试至关重要的一项工作。教授看学生的能力，也主要是通过论文。德国大学对论文要求十分严格，题目一般都不大，但必须有新东西，才能通过。有的中国留学生在德国已经待了六七年，学位始终拿不到，关键就在于论文。章用就是一个例子。一个姓叶的留学生也碰到了相同的命运。我的论文，题目定下来以后，我积极写作。到了1940年，已经基本写好。瓦尔德施米特从军期间，西克也对我加以指导。他回家休假，我就把论文送给他看。我自己不会打字，帮我打字的是迈耶（Meyer）家的大女儿伊姆加德（Irmgard），一位非常美丽的女孩子。这一年的秋天，我天天晚上到她家去。因为梵文字母拉丁文转写，符号很多，穿靴戴帽，我必须坐在旁边，才不致出错。9月13日，论文打完。事前已经得到瓦尔德施米特的同意。10月9日，把论文交给文学院院长戴希格雷贝尔（Deichgräber）教授。德国规矩，院长安排口试的日期，而院长则由最年轻的正教授来担任。戴希格雷贝尔是希腊文、拉丁文教授，是刚被提升为正教授的。按规矩本应该三个系同时口试。但是瓦尔德施米特正值休假回家，不能久等，英文教授勒德尔（Roeder）却有病住院，在1940年12月23日口试时，只有梵文和斯拉夫语言学，英文以后再补。我这一天的日记是这样写的：

早晨5点就醒来。心里只是想到口试，再也睡不着。7点起来，吃过早点，又胡乱看了一阵书，心里极慌。

9点半到大学办公处去。走在路上，像待决的囚徒。10点多开始口试。Prof. Waldschmidt（瓦尔德施米特教授）先问，只有Prof. Deichgräber（戴希格雷贝尔教授）坐在旁边。Prof. Braun（布劳恩教授）随后才去。主科进行得异常顺利。但当Prof. Braun开始问的时候，他让我预备的全没问到。我心里大慌。他的问题极简单，简直都是常识。但我还不能思维，颇呈慌张之相。12点下来，心里极难过。此时，及格不及格倒不成问题了。

我考试考了一辈子，没想到在这最后一次考试时，自己竟会这样慌张。第二天的日记：

心绪极乱。自己的论文不但Prof. Sieg、Prof. Waldschmidt认为极好，就连Prof. Krause（克劳泽教授）也认为难得，满以为可以作一个很好的考试；但昨天俄文口试实在不佳。我所知道的他全不问，问的全非我所预备的。到现在想起来，心里还极难过。

这可以说是昨天情绪的余波。但是当天晚上：

7点前到Prof. Waldschmidt家去，他请我过节（美林按：指圣诞节）。飘着雪花，但不冷。走在路上，心里只是想到昨天考试的结果，我一定要问他一问。一进门，他就向我恭喜，说我的论文是 sehr gut（优），印度学（Indologie）sehr gut，斯拉夫语言也是 sehr gut。这实在出我意料，心里对 Prof. Braun 发生了无穷的感激。

他的儿子先拉提琴，随后吃饭。吃完把耶诞树上的蜡烛都点上，喝酒，吃点心，胡乱谈一气。10 点半回家，心里仍然想到考试的事情。

到了第二年 1941 年 2 月 19 日，勒德尔教授病愈出院，补英文口试，瓦尔德施米特教授也参加了，我又得了一个 sehr gut。连论文加口试，共得了四个 sehr gut。我没有给中国人丢脸，可以告慰我亲爱的祖国，也可以告慰母亲在天之灵了。博士考试一幕就此结束。

至于我的博士论文，当时颇引起了一点儿轰动。轰动主要来自 Prof. Krause。他是一位蜚声世界的比较语言学家，是一位非凡的人物，自幼双目失明，但有惊人的记忆力，过耳不忘，像照相机那样准确无误。他能掌握几十种古今的语言。北欧几种语言，他都能说。上课前，只需别人给他念一遍讲稿，他就能几乎是一字不差地讲上两个小时。他也跟西克教授学过吐火罗语，他的大著《西吐火罗语语法》被公认为能够跟西克、西格灵（Siegling）、舒尔策（Schulze）的吐火罗语语法媲美。他对我的博士论文中关于语尾——mathe 的一段附录，给予了极高的评价，因为据说在古希腊文中有类似的语尾，这种偶合对研究印欧语系比较语言学有突破性的意义。1941 年 1 月 14 日，我的日记中有下列一段话：

> Hartmann（哈特曼）去了。他先祝贺我的考试，又说：Prof. Krause 对我的论文赞不绝口，关于 Endung matha（动词语尾 matha）简直可以说是一个重要的发现。他立刻抄了出来，说不定从这里还可以得到有趣的发明。这些话伯恩克（Boehncke）小姐已经告诉过我。我虽然也觉得自己的论文并不坏，但并不以为有什么不得了。这样一来，自己也有点飘飘然起来了。

关于口试和论文，就写这样多。因为这是我留德十年中比较重要的问题，所以写多了。

我为什么非要取得一个博士学位不行呢？其中原因有的同一般人一样，有的则可能迥乎不同。中国近代许多大学者，比如王国维、梁启超、陈寅恪、郭沫若、鲁迅等，都没有什么博士头衔，但都在学术史上有地位。这一点我是知道的。可这些人都是不平凡的天才，博士头衔对他们毫无用处。但我扪心自问，自己并不是这种人，我从不把自己估计过高，我甘愿当一个平凡的人，而一个平凡的人，如果没有金光闪闪的博士头衔，则在抢夺饭碗的搏斗中必然是个失败者。这可以说是动机之一，但是还有之二。我在国内时对某一些趾高气扬、不可一世的留学生看不顺眼，窃以为他们也不过在外国炖了几年牛肉，一旦回国，在非留学生面前就摆起谱来了。但自己如果不是留学生，则一表示不平，就会有人把自己看成一个吃不到葡萄而说葡萄酸的狐狸。我为了不当狐狸，必须出国，而且必须取得博士学位。这个动机，说起来十分可笑，然而却是真实的。多少年来，博士头衔就像一个幻影，飞翔在我的眼前，或近或远，或隐或显。有时候近在眼前，似乎一伸手就可以抓到。有时候又远在天边，可望而不可即。有时候熠熠闪光，有时候又晦暗不明。这使得我时而兴会淋漓，时而又垂头丧气。一个平凡人的心情，就是如此。

现在多年的夙愿终于实现了，我立即又想到自己的国和家。山川信美非吾土，漂泊天涯胡不归。适逢 1942 年德国政府承认了南京汉奸汪伪政府，国民党政府的公使馆被迫撤离，撤到瑞士去。我经过仔细考虑，决定离开德国，先到瑞士去，从那里再设法回国。我的初中同班同学张天麟那时住在柏林，我想去找他，看看有没有办法可想。决心既下，就到我认识的师友家去辞行。大家当然都觉得很惋惜，我心里也充满了离情别绪。最难过的一关是我的女房东。此时男房东已经故去，儿子结了婚，住在另外一个城市里。我是她身边唯一的亲人，她是拿我当儿子来看待的。回忆起来，她丈夫逝世的那一个深夜，是我跑到大街上去叩门找医生，回家后又伴她守尸的。如今我一旦离开，五间房子里只剩下她孤身一人，冷冷清清，戚戚惨惨，她如何能忍受得了！她一听到我要走的消息，立刻放声痛哭。我一想到相处七年，风雨同舟，一旦诀别，何日再见？也不禁热泪盈眶了。

到了柏林以后，才知道，到瑞士去并不那么容易。即便到了那里，也难以立即回国。看来只能留在德国了。此时战争已经持续了三年。虽然小的轰炸已经有了一些，但真正大规模的猛烈的轰炸，还没有开始。在柏林，除了食品短缺外，生活看上去还平平静静。大街上仍然是车水马龙，行人熙攘，脸上看不出什么惊慌的神色。我抽空去拜访了大教育心理学家施普兰格尔（E. Sprabger），又到普鲁士科学院去访问西格灵教授，他同西克教授共同读通了吐火罗文。我读他的书已经有些年头了，只是从未晤面。他看上去非常淳朴老实，木讷寡言，在战争声中仍然伏案苦读，是一个典型的德国学者。就这样，我在柏林住了几天，仍然回到了哥廷根，时间是 1942 年 10 月 30 日。

我一回到家，女房东仿佛凭空捡了一只金凤凰，喜出望外。我也仿佛有游子还家的感觉。回国既已无望，我只好随遇而安，丢掉一切不切实际的幻想，同女房东共休戚了。

我又恢复了七年来刻板单调的生活。每天在家里吃过早点，就到高斯—韦伯楼梵文研究所去，在那里一直工作到中午。午饭照例在外面饭馆子里吃。吃完仍然回到研究所。我现在已经不再是学生，办完了退学手续，专任教员了。我不需要再到处跑着去上课，只是有时到汉学研究所去给德国学生上课。主要精力用在读书和写作上。我继续钻研佛教混合梵语，沿着我的博士论文所开辟的道路前进。除了肚子饿和间或有的空袭外，生活极有规律，极为平静。研究所对面就是大学图书馆，我需要的大量的有时甚至极为稀奇古怪的参考书，这里几乎都有，真是一个理想的学习和写作的环境。因此，我的写作成果是极为可观的。在博士后的五年内，我写了几篇相当长的论文，刊登在《哥廷根科学院院刊》上，自谓每一篇都有新的创见；直到今天，已经过了将近半个世纪，还不断有人引用。这是我毕生学术生活的黄金时期，从那以后再没有过了。

日子虽然过得顺利、平静，但也不能说一点儿波折都没有。德国法西斯政府承认了汪伪政府，这就影响到我们中国留学生的居留问题：护照到了期，到哪里去请求延长呢？这个护照算是哪一个国家的使馆签发的呢？这是一个事关重大又亟待解决的问题。我同张维等几个还留在哥廷根的中国留学生严肃地商议了一下，决意到警察局去宣布自己为无国籍者。这在国际法上是可以允许的。所谓"无国籍者"就是对任何国家都没有任何义务，但同时也不受任何国家的保护，其中是有一点儿风险的。然而事已至此，只好走这一步了。从此，我们就变成了像天空中飞鸟一样的人，看上去非常自由自在，然而任何人都能伤害它。

事实上，并没有任何人伤害我们。在轰炸和饥饿的交相压迫下，我的日子过得还算是平静的。我每天又机械地走过那些我已经走了七年的街道，我熟悉每一座房子，熟悉每一棵树。即使闭上眼睛，我也决不会走错了路。但是，一到礼拜天，就到了我难过的日子。我仍然习惯于一大清早就到席勒草坪去，脚步不由自主地向那个方向转。席勒草坪风光如故，面貌未改，仍然是绿树四合，芳草含翠。但是，此时我却是形单影只，当年那几个每周必碰头的中国朋友，都已是天各一方，世事两茫茫了。

我感到凄清与孤独。

# 思想家与哲学家

　　我又有了一个怪论，我想把思想家与哲学家区分开来。

　　一般人大概都认为，我以前也曾朦朦胧胧地认为，所有的哲学家都是思想家。哪里能有没有思想的哲学家呢？

　　但是，最近一个时期以来，我的想法有了改变。

　　古今中外的哲学史告诉我们，哲学家大抵同史学家差不多，想"究天人之际，通古今之变"，方式稍有不同，哲学家探讨的是宇宙的根源，人生的真谛，精神与物质的关系，存在和意识的关系，等等。在这些问题上，他们时有精辟之论，颇能令人心折。但是，一旦他们想把自己的理论捏成一个完整的体系的时候——一般哲学家都是有这种野心的——便显露出捉襟见肘、削足适履的窘态。

　　我心目中的思想家，却不是这个样子。他们对我在上面谈到的那些问题也可能会有自己的看法。但是，他们决不硬搞什么体系，决不搞那一套烦琐的分析。记得有一副旧对联："世事洞明皆学问，人情练达即文章。"我觉得，思想家就是洞明世事、练达人情的人。他们不发玄妙莫测的议论，不写恍兮惚兮的文章，更不幻想捏成什么哲学体系。他们说的话都是中正平和的、人人能懂的。可是让人看了以后，眼睛立即明亮，心头涣然冰释，觉得确实是那么一回事。

空口无凭，试举例以明之。我想举出两个人：一个是已故的陈寅恪先生，一个是健在的王元化先生，都是中国学术界知名的人物。

寅恪先生是史学大师，考据学巨匠。但是，他的考据是与乾嘉诸大师不同的，后者是为考据而考据，而他的考据则是含有义理的。他从来不以哲学家自居。然而他对许多本来应属于哲学范畴的问题的看法确有独到之处，比如，对"中国文化"，他写道：

吾中国文化之定义，具于《白虎通》三纲六纪之论，

其意义为抽象理想最高之境，犹希腊柏拉图所谓 Idea 者。

言简意赅，让人看了就懂，非一般专门从事于分析概念的哲学家所能企及。此外，寅恪先生对中国历史的研究还有许多人所共知的见解。总之，我认为，寅恪先生不是哲学家，而是思想家。

王元化先生是并世罕见的通儒，他真可以说是学贯中西、古今兼通。他的文章我不敢说是全部都读过，但是读得确实不少。首先让我心悦诚服的是他对五四运动的新看法。五四运动是中国近代史上的一件大事，对它有种种不同的议论和看法，至今仍纷争不休。我自己于无意中也形成了一种看法。但是，读了元化先生论"五四"的文章，我觉得他的看法确实鞭辟入里、高人一筹。

他对当前的许多问题都有自己独特的看法，我从中都能得到启发。

总之，我认为，元化先生不是哲学家，而是思想家。

我崇拜思想家，对哲学家则不敢赞一词。

2001 年 10 月 7 日

# 一个老知识分子的心声

　　按我出生的环境，我本应该终生成为一个贫农。但是造化小儿却偏偏要播弄我，把我播弄成了一个知识分子。从小知识分子把我播弄成一个中年知识分子；又从中年知识分子把我播弄成一个老知识分子。现在我已经到了望九之年，耳虽不太聪，目虽不太明，但毕竟还是"难得糊涂"，仍然能写能读，焚膏继晷，兀兀穷年，仿佛有什么力量在背后鞭策着自己，欲罢不能。眼前有时闪出一个长队的影子，是北大教授按年龄顺序排成的。我还没有站在最前面，前面还有将近二十来个人。这个长队缓慢地向前迈进，目的地是八宝山。时不时地有人"捷足先登"，登的不是泰山，而就是这八宝山。我暗暗下定决心：决不抢先加塞，我要鱼贯而进。什么时候鱼贯到我面前，我就要含笑挥手，向人间说一声"拜拜"了。

　　干知识分子这个行当是并不轻松的。在过去七八十年中，我尝够酸甜苦辣，经历够了喜怒哀乐。走过了阳关大道，也走过了独木小桥。有时候，光风霁月；有时候，阴霾蔽天。有时候，峰回路转；有时候，柳暗花明。金榜上也曾题过名，春风也曾得过意，说不高兴是假话。但是，一转瞬间，就交了华盖运，四处碰壁，五内如焚。原因何在呢？古人说："人生识字忧患始"，这实在是见道之言。"识字"，当然就是知识分子了。一戴上这顶帽子，"忧患"就开始向你奔来。是不是杜甫的诗："儒冠多误身"？"儒"，当然就是知识分子了，一戴上儒冠就倒霉。我只举这两个小例子，就可以知道，中国古代的知识分子们早就对自己这一行腻味了。"诗必穷而后工"，连作诗都必须先"穷"。"穷"并不一定指的是没有钱，主要指的也是倒霉。不倒霉就作不出好诗，没有切身经历和宏观观察，能说得出这样的话吗？司马迁《太史公自序》说："昔西伯拘羑里，演《周易》；孔子厄陈蔡，作《春秋》；屈原放逐，著《离骚》；左丘失明，厥有《国语》；孙子膑脚，而论兵法；不韦迁蜀，世传《吕览》；韩非囚秦，《说难》《孤愤》；《诗》三百篇，大抵圣贤发愤之所为作也。"司马迁算了一笔清楚的账。

世界各国应该都有知识分子。但是，根据我七八十年的观察与思考，我觉得，既然同为知识分子，必有其共同之处，有知识，承担延续各自国家文化的重任，至少这两点必然是共同的。但是不同之处却是多而突出。别的国家先不谈，我先谈一谈中国历代的知识分子，中国有五六千年或者更长的文化史，也就有五六千年的知识分子。我的总印象是：中国知识分子是一种很奇怪的群体，是造化小儿加心加意创造出来的一种"稀有动物"。虽然"文革"中，他们被批为"一心只读圣贤书"的"修正主义"分子。这实际上是冤枉的。这样的人不能说没有，但是，主流却正相反。几千年的历史可以证明，中国知识分子最关心时事，最关心政治，最爱国。这最后一点，是由中国历史环境所造成的。在中国历史上，没有哪一天没有虎视眈眈伺机入侵的外敌。历史上许多赫然有名的皇帝，都曾受到外敌的欺侮。老百姓更不必说了。存在决定意识，反映到知识分子头脑中，就形成了根深蒂固的爱国心。"天下兴亡，匹夫有责"，不管这句话的原形是什么样子，反正它痛快淋漓地表达了中国知识分子的心声。在别的国家是没有这种情况的。

然而，中国知识分子也是极难对付的家伙。他们的感情特别细腻、锐敏、脆弱、隐晦。他们学富五车，胸罗万象。有的或有时自高自大，自以为"老子天下第一"；有的或有时却又患了弗洛伊德讲的那一种"自卑情结"（Inferiority Complex）。他们一方面吹嘘想"通古今之变，究天人之际"，气魄贯长虹，浩气盈宇宙。有时却又为芝麻绿豆大的一点小事而长吁短叹，甚至轻生，"自绝于人民"。关键问题，依我看，就是中国特有的"国粹"——面子问题。"面子"这个词儿，外文没法翻译，可见是中国独有的。俗话里许多话都与此有关，比如"丢脸""真不要脸""赏脸"，如此等等。"脸"者，面子也。中国知识分子是中国国粹"面子"的主要卫道士。

尽管极难对付，然而中国历代统治者哪一个也不得不来对付。古代一个皇帝说："马上得天下，不能马上治之！"真是一针见血。创业的皇帝绝不会是知识分子，只有像刘邦、朱元璋等这样一字不识的，不顾身家性命，"厚"而且"黑"的，胆子最大的地痞流氓才能成为开国的"英主"。否则，都是磕头的把兄弟，为什么单单推他当头儿？可是，一旦创业成功，坐上金銮宝殿，这时候就用得着知识分子来帮他们治理国家。不用说国家大事，连定朝仪这样的小事，刘邦还不得不求助于知识分子叔孙通。朝仪一定，朝廷井然有序，共同起义的那一群铁哥们儿，个个服服帖帖，跪拜如仪，让刘邦"龙心大悦"，真正尝到了当皇帝的滋味。

同面子表面上无关实则有关的另一个问题，是中国知识分子的处世问题，也就是隐居或出仕的问题。中国知识分子很多都标榜自己无意为官，而实则正相反。一个最有典型意义又众所周知的例子就是"大名垂宇宙"的诸葛亮。他高卧隆中，看来是在隐居，实则他最关心天下大事，他的"信息源"看来是非常多的。否则，在当时既无电话电报，甚至连写信都十分困难的情况下，他怎么能对天下大势了如指掌，因而写出了有名的《隆中对》呢？他经世之心昭然在人耳目，然而却偏偏让刘先主三顾茅庐然后才出山"鞠躬尽瘁"。这不是面子又是什么呢？

我还想进一步谈一谈中国知识分子的一个非常古怪、很难以理解又似乎很容易理解的特点。中国古代知识分子贫穷落魄的多。

有诗为证："文章憎命达。"文章写得好，命运就不亨通；命运亨通的人，文章就写不好。那些靠文章中状元、当宰相的人，毕竟是极少数。而且中国文学史上根本就没有哪一个伟大文学家中过状元。《儒林外史》是专写知识分子的小说。吴敬梓真把穷苦潦倒的知识分子写活了。没有中举前的周进和范进等的形象，真是入木三分，至今还栩栩如生。中国历史上一批穷困的知识分子，贫无立锥之地，绝不会有面团团的富家翁相。中国诗文和老百姓嘴中有很多形容贫而瘦的穷人的话，什么"瘦骨嶙峋"，什么"骨瘦如柴"，又是什么"瘦得皮包骨头"等，都与骨头有关。这一批人一无所有，最值钱的仅存的"财产"就是他们这一身瘦骨头。这是他们人生中最后的一点"赌注"，轻易不能押上的，押上一输，他们也就"涅槃"了。然而他们却偏偏喜欢拼命，喜欢拼这一身瘦老骨头。他们称这个为"骨气"。同"面子"一样，"骨气"这个词儿也是无法译成外文的，是中国的国粹。要举实际例子的话，那就可以举出很多来。《三国演义》中的祢衡，就是这样一个人，结果被曹操假手黄祖给砍掉了脑袋瓜。近代有一个章太炎，胸佩大勋章，赤足站在新华门外大骂袁世凯，袁世凯不敢动他一根毫毛，只好钦赠美名"章疯子"，聊以挽回自己的一点面子。

中国这些知识分子，脾气往往极大。他们又仗着"骨气"这个法宝，敢于直言不讳。一见不顺眼的事，就发为文章，呼天叫地，痛哭流涕，大呼什么"人心不古，世道日非"，又是什么"黄钟毁弃，瓦釜雷鸣"。这种例子，俯拾即是。他们根本不给当政的最高统治者留一点面子，有时候甚至让他们下不了台。须知面子是古代最高统治者皇帝们的命根子，是他们的统治和尊严的最高保障。因此，我就产生了一个大胆的"理论"：一部中国古代政治史至少其中一部分就是最高统治者皇帝和大小知识分子互相利用又互相斗争，互相对付和应付，又有大棒，又有胡萝卜，间或甚至有剥皮凌迟的历史。

在外国知识分子中，只有印度的同中国的有可比性。印度共有四大种姓，为首的是婆罗门。在印度古代，文化知识就掌握在他们手里，这个最高种姓实际上也是他们自封的。他们是地地道道的知识分子，在社会上受到普遍的尊敬。然而却有一件天大的怪事，实在出人意料。在社会上，特别是在印度古典戏剧中，少数婆罗门却受到极端的嘲弄和污蔑，被安排成剧中的丑角。在印度古典剧中，语言是有阶级性的。梵文只允许国王、帝师（当然都是婆罗门）和其他高级男士们说，妇女等低级人物只能说俗语。可是，每部剧中都必不可缺少的丑角也竟是婆罗门，他们插科打诨，出尽洋相，他们只准说俗语，不许说梵文。在其他方面也有很多嘲笑婆罗门的地方。这有点像中国古代嘲笑"腐儒"的做法。《儒林外史》中就不缺少嘲笑"腐儒"——也就是落魄的知识分子——的地方。鲁迅笔下的孔乙己也是这种人物。为什么中印都出现这个现象呢？这实在是一个有趣的研究课题。

我在上面写了我对中国历史上知识分子的看法。本文的主要目的就是写历史，连鉴往知今一类的想法我都没有。倘若有人要问："现在怎样呢？"因为现在还没有变成历史，不在我写作范围之内，所以我不答复，如果有人愿意去推论，那是他们的事，与我无干。

最后我还想再郑重强调一下：中国知识分子有源远流长的爱国主义传统，是世界上哪一个国家也不能望其项背的。尽管眼下似乎有一点背离这个传统的倾向，例证就是苦心孤诣、千方百计地想出国，有的甚至归化为"老外"，永留不归。我自己对这个问题的看法是：这只能是暂时的现象，久则必变。就连留在外国的人，甚至归化了的人，他们依然是"身在曹营心在汉"，依然要寻根，依然爱自己的祖国。何况出去又回来的人渐渐多了起来呢？我们对这种人千万不要"另眼相看"，当然也大可不必"刮目相看"。只要我们国家的事情办好了，情况会大大地改变的。至于没有出国也不想出国的知识分子占绝对的多数。如果说他们对眼前的一切都很满意，那不是真话。但是爱国主义在他们心灵深处已经生了根，什么力量也拔不掉的。甚至泰山崩于前，迅雷震于顶，他们会依然热爱我们这伟大的祖国。这一点我完全可以保证。只举一个众所周知的例子，就足够了。如果不爱自己的祖国，巴老为什么以老迈龙钟之身，呕心沥血来写《随想录》呢？对广大的中国老、中、青知识分子来说，我想借用一句曾一度流行的，我似非懂又似懂得的话：爱国没商量。

我生平优点不多，但自谓爱国不甘后人，即使把我烧成了灰，每一粒灰也还是爱国的。可是我对于当知识分子这个行当却真有点谈虎色变。我从来不相信什么轮回转生。现在，如果让我信一回的话，我就恭肃虔诚祷祝造化小儿，下一辈子无论如何也别再播弄我，千万别再把我弄成知识分子。

1995 年 7 月 18 日

# 二

## 糊涂一点，潇洒一点

# 我写我

　　我写我，真是一个绝妙的题目；但是，我的文章却不一定妙，甚至很不妙。

　　每一个人都有一个"我"，二者亲密无间，因为实际上是一个东西。按理说，人对自己的"我"应该是十分了解的；然而，事实上却不尽然。依我看，大部分人是不了解自己的，都是自视过高的。这在人类历史上竟成了一个哲学上的大问题。否则，古希腊哲人发出狮子吼："要认识你自己！"岂不成了一句空话吗？

　　我认为，我是认识自己的，换句话说，是有点自知之明的。我经常像鲁迅先生说的那样剖析自己。然而结果并不美妙，我剖析得有点过了头，我的自知之明过了头，有时候真感到自己一无是处。

　　这表现在什么地方呢？

　　拿写文章做一个例子。专就学术文章而言，我并不认为"文章是自己的好"。我真正满意的学术论文并不多。反而别人的学术文章，包括一些青年后辈的文章在内，我觉得是好的。为什么会出现这种心情呢？我还没得到答案。

再谈文学作品。在中学的时候，虽然小伙伴们曾赠我一个"诗人"的绰号，实际上我没有认真写过诗。至于散文，则是写的，而且已经写了六十多年，加起来也有七八十万字了。然而自己真正满意的也屈指可数。在另一方面，别人的散文就真正觉得好的也十分有限。这又是什么原因呢？我也还没得到答案。

在品行的好坏方面，我有自己的看法。什么叫好？什么又叫坏？我不通伦理学，没有深邃的理论，我只能讲几句大白话。我认为，只替自己着想，只考虑个人利益，就是坏。反之，能替别人着想，考虑别人的利益，就是好。为自己着想和为别人着想，后者能超过一半，他就是好人；低于一半，则是不好的人；低得过多，则是坏人。

拿这个尺度来衡量一下自己，我只能承认自己是一个好人。我尽管有不少的私心杂念，但是总的来看，我考虑别人的利益还是多于一半的。至于说真话与说谎，这当然也是衡量品行的一个标准。我说过不少谎话，因为非此则不能生存。但我还是敢于讲真话的。我的真话总是大大地超过谎话。因此我是一个好人。

我这样一个自命为好人的人，生活情趣怎样呢？我是一个感情充沛的人，也是兴趣不老少的人。然而事实上生活了八十年以后，到头来自己都感到自己枯燥乏味，干干巴巴，好像是一棵枯树，只有树干和树枝，而没有一朵鲜花，一片绿叶。自己搞的所谓学问，别人称之为"天书"。自己写的一些专门的学术著作，别人视之为神秘。年届耄耋，过去也曾有过一些幻想，想在生活方面改弦更张，减少一点枯燥，增添一点滋润，在枯枝粗干上开出一点鲜花，长上一点绿叶；然而直到今天，仍然是忙忙碌碌，有时候整天连轴转，"为他人作嫁衣裳"，而且退休无日，路穷有期，可叹亦复可笑！

我这一生，同别人差不多，阳关大道，独木小桥，都走过跨过。坎坎坷坷，弯弯曲曲，一路走了过来。我不能不承认，我运气不错，所得到的成功，所获得的虚名，都有点名不副实。在另一方面，我的倒霉也有非常人所可得者。在那骇人听闻的所谓什么"大革命"中，因为敢于仗义执言，几乎把老命赔上。皮肉之苦也是永世难忘的。

现在，我的人生之旅快到终点了。我常常回忆八十年来的历程，感慨万端。我曾问过自己一个问题：如果真有那么一个造物主，要加恩于我，让我下一辈子还转生为人，我是不是还走今生走的这一条路？经过了一些思虑，我的回答是：还要走这一条路。但是有一个附带条件：让我的脸皮厚一点，让我的心黑一点，让我考虑自己的利益多一点，让我自知之明少一点。

1992 年 11 月 16 日

# 缘分与命运

缘分与命运本来是两个词儿，都是我们口中常说、文中常写的。但是，仔细琢磨，这两个词儿含义极为接近，有时达到了难解难分的程度。

缘分和命运可信不可信呢？

我认为，不能全信，又不可不信。

我绝不是为算卦相面的"张铁嘴""王半仙"之流的骗子来张目。算八字算命那一套骗人的鬼话，只要一个异常简单的事实就能揭穿。试问普天之下——"番邦"暂且不算，因为老外那里没有这套玩意儿——同年、同月、同日、同时生的孩子有几万，几十万，他们一生的经历难道都能够绝对一样吗？绝对的不一样，倒近于事实。

可你为什么又说，缘分和命运不可不信呢？

我也举一个异常简单的事实。只要你把你最亲密的人，你的老伴——或者"小伴"，这是我创造的一个名词儿，年轻的夫妻之谓也——同你自己相遇，一直到"有情人终成了眷属"的经过回想一下，便立即会同意我的意见。你们可能是一个生在天南，一个生在海北，中间经过了不知道多少偶然的机遇，有的机遇简直是间不容发，稍纵即逝，可终究没有错过，你们到底走到一起来了。即使是青梅竹马的关系，也同样有个"机遇"问题。这种"机遇"是报纸上的词儿，哲学上的术语是"偶然性"，老百姓嘴里就叫作"缘分"或"命运"。这种情况，谁能否认，又谁能解释呢？没有办法，只好称之为缘分或命运。

北京西山深处有一座辽代古庙名叫"大觉寺"。此地有崇山峻岭，茂林流泉，有三百年的玉兰树，二百年的藤萝花，是一个绝妙的地方。将近二十年前，我骑自行车去过一次。当时古寺虽已破败，但仍给我留下了深刻的印象，至今忆念难忘。去年春末，北大中文系的毕业生欧阳旭邀我们到大觉寺去剪彩，原来他下海成了颇有基础的企业家。他毕竟是书生出身，念念不忘为文化做贡献。他在大觉寺里创办了一个明慧茶院，以弘扬中国的茶文化。我大喜过望，准时到了大觉寺。此时的大觉寺已完全焕然一新，雕梁画栋，金碧辉煌，玉兰已开过而紫藤尚开，品茗观茶道表演，心旷神怡，浑然欲忘我矣。

将近一年以来，我脑海中始终有一个疑团：这个英年岐嶷的小伙子怎么会到深山里来搞这么一个茶院呢？前几天，欧阳旭又邀我们到大觉寺去吃饭。坐在汽车上，我不禁向他提出了我的问题。他莞尔一笑，轻声说："缘分！"原来在这之前他携伙伴郊游，黄昏迷路，撞到大觉寺里来。爱此地之清幽，便租了下来，加以装修，创办了明慧茶院。

此事虽小，可以见大。信缘分与不信缘分，对人的心情影响是不一样的。信者胜可以做到不骄，败可以做到不馁，绝不至胜则忘乎所以，败则怨天尤人。中国古话说："尽人事而听天命。"首先必须"尽人事"，否则，馅儿饼绝不会自己从天上落到你嘴里来。但又必须"听天命"。人世间，波诡云谲，因果错综。只有做到"尽人事而听天命"，一个人才能永远保持心情的平衡。

1998 年 1 月 16 日

# 做人与处世

一个人活在世界上，必须处理好三个关系：第一，人与大自然的关系；第二，人与人的关系，包括家庭关系在内；第三，个人心中思想与感情矛盾与平衡的关系。这三个关系，如果能处理很好，生活就能愉快；否则，生活就有苦恼。

人本来也是属于大自然范畴的。但是，人自从变成了"万物之灵"以后，就同大自然闹起独立来，有时竟成了大自然的对立面。人类的衣食住行所有的资料都取自大自然，我们向大自然索取是不可避免的。关键是怎样去索取？索取手段不出两途：一用和平手段，二用强制手段。我个人认为，东西文化之分野，就在这里。西方对待大自然的基本态度或指导思想是"征服自然"，用一句现成的套话来说，就是用处理敌我矛盾的方法来处理人与大自然的关系。结果呢，从表面来看，西方人是胜利了，大自然真的被他们征服了。自从西方产业革命以后，西方人屡创奇迹。楼上楼下，电灯电话。大至宇宙飞船，小至原子，无一不出自西方"征服者"之手。

然而，大自然的容忍是有限度的，它是能报复的，它是能惩罚的。报复或惩罚的结果，人皆见之，比如环境污染，生态失衡，臭氧层出洞，物种灭绝，人口爆炸，淡水资源匮乏，新疾病产生，如此等等，不一而足。这些弊端中哪一项不解决都能影响人类生存的前途。我并非危言耸听，现在全世界人民和政府都高呼环保，并采取措施。古人说："失之东隅，收之桑榆。"犹未为晚。

中国或者东方对待大自然的态度或哲学基础是"天人合一"。宋人张载说得最简明扼要："民吾同胞，物吾与也。""与"的意思是伙伴。我们把大自然看作伙伴。可惜我们的行为没能跟上。在某种程度上，也采取了"征服自然"的办法，结果也受到了大自然的报复，前不久南北的大洪水不是很能发人深省吗？

至于人与人的关系，我的想法是：对待一切善良的人，不管是家属，还是朋友，都应该有一个两字箴言：一曰真，二曰忍。真者，以真情实意相待，不允许弄虚作假。对待坏人，则另当别论。忍者，相互容忍也。日子久了，难免有点磕磕碰碰。在这时候，头脑清醒的一方应该能够容忍。如果双方都不冷静，必致因小失大，后果不堪设想。唐朝张公艺的"百忍"是历史上有名的例子。

至于个人心中思想感情的矛盾，则多半起于私心杂念。解之之方，唯有消灭私心，学习诸葛亮的"淡泊以明志，宁静以致远"，庶几近之。

1998 年 11 月 17 日

# 牵就与适应

　　牵就，也作"迁就"和"适应"，是我们说话和行文时常用的两个词儿。含义颇有些类似之处；但是，一仔细琢磨，二者间实有差别，而且是原则性的差别。

　　根据词典的解释，《现代汉语词典》注"牵就"为"迁就"和"牵强附会"。注"迁就"为"将就别人"，举的例子是："坚持原则，不能迁就。"注"将就"为"勉强适应不很满意的事物或环境"。举的例子是："衣服稍微小一点，你将就着穿吧！"注"适应"为"适合（客观条件或需要）"。举的例子是"适应环境"。"迁就"这个词儿，古书上也有，《辞源》注为"舍此取彼，委曲求合"。

　　我说，二者含义有类似之处，《现代汉语词典》注"将就"一词时就使用了"适应"一词。

　　词典的解释，虽然头绪颇有点乱；但是，归纳起来，"牵就（迁就）"和"适应"这两个词儿的含义还是清楚的。"牵就"的宾语往往是不很令人愉快、令人满意的事情。在平常的情况下，这种事情本来是不能或者不想去做的。极而言之，有些事情甚至是违反原则的，违反做人的道德的，当然完全是不能去做的。但是，迫于自己无法掌握的形势；或者出于利己的私心；或者由于其他的什么原因，非做不行，有时候甚至昧着自己的良心，自己也会感到痛苦的。

根据我个人的语感，我觉得，"牵就"的根本含义就是这样，词典上并没有说清楚。

但是，又是根据我个人的语感，我觉得，"适应"同"牵就"是不相同的。我们每一个人都会经常使用"适应"这个词儿的。不过在大多数的情况下，我们都是习而不察。我手边有一本沈从文先生的《花花朵朵坛坛罐罐》，汪曾祺先生的《代序：沈从文转业之谜》中有一段话说："一切终得变，沈先生是竭力想适应这种'变'的。"这种"变"，指的是解放。沈先生写信给人说："对于过去种种，得决心放弃，从新起始来学习。这个新的起始，并不一定即能配合当前需要，惟必能把握住一个进步原则来肯定，来完成，来促进。"沈从文先生这个"适应"，是以"进步原则"来适应新社会的。这个"适应"是困难的，但是正确的。我们很多人在解放初期都有类似的经验。

再拿来同"牵就"一比较，两个词儿的不同之处立即可见。"适应"的宾语同"牵就"不一样，它是好的事物，进步的事物；即使开始时有点困难，也必能心悦诚服地予以克服。在我们的一生中，我们会经常不断地遇到必须"适应"的事务，"适应"成功，我们就有了"进步"。

简洁地说：我们须"适应"，但不能"牵就"。

# 走运与倒霉

走运与倒霉，表面看起来，似乎是绝对对立的两个概念。世人无不想走运，而决不想倒霉。

其实，这两件事是有密切联系的，互相依存的，互为因果的。说极端了，简直是一而二、二而一者也。这并不是我的发明创造。两千多年前的老子已经发现了，他说："祸兮福之所倚，福兮祸之所伏，孰知其极？其无正。"老子的"福"就是走运，他的"祸"就是倒霉。

走运有大小之别，倒霉也有大小之别，而二者往往是相通的。走的运越大，则倒的霉也越惨，二者之间成正比。中国有一句俗话说："爬得越高，跌得越重。"形象生动地说明了这种关系。

吾辈小民，过着平平常常的日子，天天忙着吃、喝、拉、撒、睡；操持着柴、米、油、盐、酱、醋、茶。有时候难免走点小运，有的是主动争取来的，有的是时来运转，好运从天上掉下来的。

高兴之余，不过喝上二两二锅头，飘飘然一阵了事。但有时又难免倒点小霉，"闭门家中坐，祸从天上来"，没有人去争取倒霉的。倒霉以后，也不过心里郁闷几天，对老婆孩子发点小脾气，转瞬就过去了。

但是，历史上和眼前的那些大人物和大款们，他们身系天下安危，或者系一个地区、一个行当的安危。他们得意时，比如打了一个大胜仗，或者倒卖房地产、炒股票，发了一笔大财，意气风发，踌躇满志，自以为天上天下，唯我独尊。"固一世之雄也"，怎二两二锅头了得！然而一旦失败，不是自刎乌江，就是从摩天高楼跳下，"而今安在哉"！

从历史上到现在，中国知识分子有一个"特色"，这在西方国家是找不到的。中国历代的诗人、文学家，不倒霉则走不了运。司马迁在《太史公自序》中说："昔西伯拘羑里，演《周易》；孔子厄陈蔡，作《春秋》；屈原放逐，著《离骚》；左丘失明，厥有《国语》；孙子膑脚，而论兵法；不韦迁蜀，世传《吕览》；韩非囚秦，《说难》《孤愤》；《诗》三百篇，大抵贤圣发愤之所为作也。"司马迁算的这个总账，后来并没有改变。汉以后所有的文学大家，都是在倒霉之后，才写出了震古烁今的杰作。像韩愈、苏轼、李清照、李后主等一批人，莫不皆然。从来没有过状元宰相成为大文学家的。

了解了这一番道理之后，有什么意义呢？我认为，意义是重大的。它能够让我们头脑清醒，理解祸福的辩证关系；走运时，要想到倒霉，不要得意过了头；倒霉时，要想到走运，不必垂头丧气。心态始终保持平衡，情绪始终保持稳定，此亦长寿之道也。

1998 年 11 月 2 日

# 谦虚与虚伪

在伦理道德的范畴中，谦虚一向被认为是美德，应该扬。而虚伪则一向被认为是恶习，应该抑。

然而，究其实际，二者间有时并非泾渭分明，其区别间不容发。谦虚稍一过头，就会成为虚伪。我想，每个人都会有这种体会的。

在世界文明古国中，中国是提倡谦虚最早的国家。在中国最古的经典之一的《尚书·大禹谟》中就已经有了"满招损，谦受益，时（是）乃天道"这样的教导，把自满与谦虚提高到"天道"的水平，可谓高矣。从那以后，历代的圣贤无不张皇谦虚，贬抑自满。一直到今天，我们常用的词汇中仍然有一大批与"谦"字有联系的词儿，比如"谦卑""谦恭""谦和""谦谦君子""谦让""谦顺""谦虚""谦逊"等，可见"谦"字之深入人心，久而愈彰。

我认为，我们应当提倡真诚的谦虚，而避免虚伪的谦虚，后者与虚伪间不容发矣。

可是在这里我们就遇到了一个拦路虎：什么叫"真诚的谦

虚"？什么又叫"虚伪的谦虚"？两者之间并非泾渭分明，简直可以说是因人而异，因地而异，因时而异，掌握一个正确的分寸难于上青天。

最突出的是因地而异，"地"指的首先是东方和西方。在东方，比如说中国和日本，提到自己的文章或著作，必须说是"拙作"或"拙文"。在西方各国语言中是找不到相当的词儿的。尤有甚者，甚至可能产生误会。中国人请客，发请柬必须说"洁治菲酌"，不了解东方习惯的西方人就会满腹疑团：为什么单单用"不丰盛的宴席"来请客呢？日本人送人礼品，往往写上"粗品"二字，西方人又会问：为什么不用"精品"来送人呢？在西方，对老师，对朋友，必须说真话，会多少，就说多少。如果你说，这个只会一点点儿，那个只会一星星儿，他们就会信以为真，在东方则不会。这有时会很危险的。至于吹牛之流，则为东西方同样所不齿，不在话下。

可是怎样掌握这个分寸呢？我认为，在这里，真诚是第一标准。虚怀若谷，如果是真诚的话，它会促你永远学习，永远进步。有的人永远"自我感觉良好"，这种人往往不能进步。康有为是一个著名的例子。他自称，年届而立，天下学问无不掌握。结果说康有为是一个革新家则可，说他是一个学问家则不可。较之乾嘉诸大师，甚至清末民初诸大师，包括他的弟子梁启超在内，他在学术上是没有建树的。

总之，谦虚是美德，但必须掌握分寸，注意东西。在东方，谦虚涵盖的范围广，不能施之于西方，此不可不注意者。然而，不管东方或西方，必须出之以真诚。有意的过分的谦虚就等于虚伪。

1998 年 10 月 3 日

# 满招损，谦受益

这本来是中国一句老话，来源极古，《尚书·大禹谟》中已经有了，以后历代引用不辍，一直到今天，还经常挂在人们嘴上。可见此话道出了一个真理，经过将近三千年的检验，益见其真实可靠。

这话适用于干一切工作的人，做学问何独不然？可是，怎样来解释呢？

根据我自己的思考与分析，满（自满）只有一种：真。假自满者，未之有也。吹牛皮，说大话，那不是自满，而是骗人。谦（谦虚）却有两种，一真一假。假谦虚的例子，真可以说是俯拾即是。故作谦虚状者，比比皆是。中国人的"菲酌""拙作"之类的词，张嘴即出。什么"指正""斧正""哂正"之类的送人自己著作的谦辞，谁都知道是假的，然而谁都必须这样写。这种谦辞已经深入骨髓，不给任何人留下任何印象。日本人赠人礼品，自称"粗品"者，也属于这一类。这种虚伪的谦虚不会使任何人受益。西方人无论如何也是不能理解的。为什么拿"菲酌"而不拿盛宴来宴请客人？为什么拿"粗品"而不拿精品送给别人？对西方人简直是一个谜。

我们要的是真正的谦虚，做学问更是如此。如果一个学者，不管是年轻的，还是中年的、老年的，觉得自己的学问已经够大了，没有必要再进行学习了，他就不会再有进步。事实上，不管你搞哪一门学问，绝不会有搞得完全彻底一点问题也不留的。人即使能活上一千年，也是办不到的。因此，在做学问上谦虚，不但表示这个人有道德，也表示这个人是实事求是的。听说康有为说过，他年届三十，天下学问即已学光。仅此一端，就可以证明，康有为不懂什么叫学问。现在有人尊他为"国学大师"，我认为是可笑的。他至多只能算是一个革新家。

在当今中国的学坛上，自视甚高者，所在皆是；而真正虚怀若谷者，则绝无仅有。我不认为这是一个好现象。有不少年轻的学者，写过几篇论文，出过几册专著，就傲气凌人。这不利于他们的进步，也不利于中国学术前途的发展。

我自己怎样呢？我总觉得自己不行。我常常讲，我是样样通、样样松。我一生勤奋不辍，天天都在读书写文章，但一遇到一个必须深入或更深入钻研的问题，就觉得自己知识不够，有时候不得不临时抱佛脚。人们都承认，自知之明极难；有时候，我却觉得，自己的"自知之明"过了头，不是虚心，而是心虚了。因此，我从来没有觉得自满过。这当然可以说是一个好现象。但是，我又遇到了极大的矛盾：我觉得真正行的人也如凤毛麟角。我总觉得，好多学人不够勤奋，天天虚度光阴。我经常处在这种心理矛盾中。别人对我的赞誉，我非常感激；但是，我并没有被这些赞誉冲昏了头脑，我头脑是清楚的。我只劝大家，不要全信那一些对我赞誉的话，特别是那些顶高得惊人的帽子，我更是受之有愧。

1997 年

# 爽朗的笑声

　　据说，只有人是会笑的。我活在这个大地上几十年中，曾经笑过无数次，也曾看到别人笑过无数次。我从来没有琢磨过人会不会笑的问题，就好像太阳从东方出来，人们天天必须吃饭这样一些极其自然的、明明白白的、尽人皆知的、用不着去探讨的现象一样，无须再动脑筋去关心了。

　　然而，人是能够失掉笑的。

　　就连人能够失掉笑这个事实我以前也没有探讨过，不是用不着去探讨，而是没有想到去探讨，没有发现有探讨的必要；因为我从来还没有遇到过失掉了笑的人，没有想到过会有失掉了笑的人，好像没有遇到过鬼或者阴司地狱，没有想到过有鬼或者有阴司地狱那样。

　　人又怎能失掉笑呢？

　　我认识一位参加革命几十年的老干部。虽然他资格老，然而从来不摆老资格，不摆架子。我一向对老干部怀着说不出的、极其深厚的、出自内心的感情与敬佩。他们好像是我的一面镜子，可以照见自己的不足，激励自己前进。因此，我就很愿意接近他，愿意对他谈谈自己的思想。当然并不限于这些。我们有时简直是海阔天空，上下古今，文学艺术，哲学宗教，无所不谈。他给我留下了非常深刻的印象，特别是在闲谈时他的笑声更使我永生难忘。这不是会心的微笑，而是出自肺腑的爽朗的笑声。这笑声悠扬而清脆，温和而热情；它好像有极大的感染力，一听到它，顿觉满室生春，连一桌一椅都仿佛充满了生气，一花一草都仿佛洋溢出活力。有时候我甚至觉得这笑声冲破了高楼大厦，冲出了窗户和门，到处漂流回荡，响彻了整个燕园。

想当初当我听到这笑声的时候，我并没有觉得它怎样难能可贵，怎样不可缺少，就同日光空气一样，抬眼就可以看到，张嘴就可以吸入。又像春天的和风，秋日的细雨，只要有春天，有秋天，自然而然地就可以得到。中国古诗说"司空见惯浑闲事"，我一下子变成了古时候的司空了。

然而好景不长，天空里突然堆起了乌云，跟着来的是一场暴风骤雨。这一场暴风骤雨真是来得迅猛异常。不但我们自己没有经受过，而且也没有听说别人曾经经受过。我们仿佛当头挨了一棒，直打得天旋地转，昏头昏脑。有一个时期，我们都失去了行动的自由，在一个阴森可怕的恐怕要超过"白公馆"和"渣滓洞"的地方住了一些时候。以后虽然恢复了自由，然而每个人的脑袋上还都戴着一大堆莫须有的帽子，天天过着如临深渊如履薄冰的日子，谨小慎微，瞻前顾后，唯恐言行有什么"越轨"之处，随时提防意外飞来的横祸。我们的处境真比旧社会的童养媳还要困难。我们每个人脑海里都有成百个问号，成千个疑团；然而问天天不语，问地地不应。我们只有沉默寡言，成为不折不扣的行尸走肉了。

在这期间，我也曾几次遇到过他，都是在路上。我看到他从远处走了过来，垂目低头，步履蹒跚。以前我看惯了的他那种矫健的步伐，轻捷的行姿，已经消逝得无影无踪了。我有时候下意识地迎上前去，好像是要做点什么；但是快到跟前的时候，最多也不过彼此相顾一下，立刻又低下了头，别转开脸，我们已经到了彼此不敢讲话、不能讲话的地步了。至于在这样的时刻他是怎样想的，我说不清楚。我心里只觉得一阵凄凉，眼泪立刻夺眶而出了。

有一次，我在校医院门前遇到了他。这一回不是孤身一人，而是有一个年老的妇女扶着他。他的身体似乎更不行了，路好像都走不稳，腿好像都迈不开，脚好像都抬不起，颤巍巍地好不容易地向前挪动，费了好大劲才挪进了医院的大门，看样子是患了病。我一时冲动，很想鼓足了勇气走上前去探问一声。然而我不敢。那暴风骤雨的情景猛不丁地展现在我眼前，我那一点儿剩勇好像是微弱的熸火，经雨一打，立刻就熄灭了。我不敢保证，如果再有一次那样的暴风骤雨，是否我还能经受得住。我硬是压下了那向前去探问的冲动，只是站在远处注视着他。我是多么关心他的身体啊！然而我无能为力，我只能站在一旁看。幸好他并没有注意到我，否则也会引起他内心的激动，这样的激动对他的身体肯定是没有好处的。我全神贯注地注视着他，看他走进了校医院的玻璃门，他的身影在里面直晃动，在挂号处停留了一会儿，又被搀扶到走廊里去，于是身影完全消失，大概是到哪一个屋子门口去等候大夫呼唤了。

当时我虽然注视了他很久很久，但是在开头时并没有发现有什么特异的情况，对他的身体的关心占住了我整个的注意力。等到他的身影消逝以后，我猛然发现，他脸上一点儿笑容都没有，他成了一个不会笑的人，他已经把笑失掉，当然更不用说那爽朗的笑声了。我心里猛地一震，我自己的这一个平凡又伟大的发现使我吃惊。我从前只知道笑是人的本能；现在我又知道，人是连本能也会失掉的。我活了六十多年才发现了这样一个真理；然而这是一个多么残酷多么令人不寒而栗的真理啊！

我自己怎样呢？他在这里又在另外一种意义上成了我的一面镜子。拿这面镜子一照：我同他原来是一模一样，我脸上也是一点儿笑容都没有，我也成了一个不会笑的人，我也把笑失掉了。如果自己不拿这面镜子来照一照，这情况我是不会知道的。因为没有一个人会告诉我，没有一个人敢告诉我。像我这样的人，当时是没有几个人肯同我说话的。如果有大胆的人敢同我说上几句话，我反而感到不自然，感到受宠若惊。不时飞来的轻蔑的一瞥，意外遇到的大声的申斥，我倒安之若素，倒觉得很自然。我当时就像白天的猫头鹰，只要能避开人，我一定避开；只要有小路，我决不走大路；只要有房后的野径，我连小路也不走。只要有熟人迎面走来，我远远地就垂下了头。我只恨地上没有洞；如果有的话，我一定会钻了进去，最好一辈子也不出来。在这样的情况下，一个人能笑得起来吗？让他把笑保留住不失掉能办得到吗？我也只能同那一位老干部一样变成了一个不会笑的人了。

通过那几年的切身经历，我深深地感觉到，一个人如果失掉了笑，那就意味着，同时也已经失掉了希望，失掉了生趣，失掉了一切。他活在世界上，在别人眼中，在他自己眼中，实际上成了一个多余的人，他只不过是行尸走肉，苟延残喘而已。什么清风，什么明月，什么春华，什么秋实，在别人眼中，当然都是非常可爱的；然而在他眼中，却什么快感也引不起来。他在这世界上如浮云，如幻影；世界对他也如浮云，如幻影。他自己就像一个幽灵，踽踽独行于遮天盖地的辽阔的寂寞中。他成了一个路人，一个"过客"，在默默地等候大限的来临。

真理毕竟要胜利，乌云绝不会永在。经过了一番风雨，燕园里又出现了阳光，全中国也出现了阳光。记得是在一个座谈会上，我同这位革命老前辈又见面了。他头发又白了很多，脸上皱纹也增添了不少，走路显得异常困难，说话声音很低。才几年的工夫，他好像老了二十岁。我的心情很沉重，但是同时又很愉快。我发现他脸上又有了笑容，他又把笑找回来了。在谈到兴会淋漓的时候，他大笑起来，虽然声音较低，但毕竟是爽朗的笑声。这样的笑声我已经很久很久没有听到了。乍听之下，有如钧天妙乐，滋润着我的心灵，温暖着我的耳朵，怡悦着我的眼睛，激动着我的四肢。我觉得，这爽朗的笑声，就像骀荡的春风一样，又仿佛吹遍了整个燕园，响彻了整个燕园。我仿佛还听到它响彻了高山、密林、通都、大邑、工厂、农村、机关、学校，响彻了整个祖国大地，而且看样子还要永远响下去。

我现在不但在这位革命老前辈的脸上看到了已经失掉而又找回来的笑，而且在很多人的脸上都看到了笑容；老年人、中年人、青年人、妇女、儿童，无一例外。把笑失掉，是不容易的；把笑重新找回来，就更困难。我相信，一个在沧海中失掉了笑的人，绝不能做任何的事情。我也相信，一个曾经沧海又把笑找回来的人，却能胜任任何的艰巨。一个很多人失掉了笑而只有一小撮人能笑的民族，绝不能长久立于世界民族之林。只有能笑、会笑、敢笑、重新找回了笑的民族，才能创建宏伟的事业，才能在短期内实现四个现代化，才能阔步前进，建成社会主义，最终达到人类大同之域。

发现只有人是会笑的，是科学家。发现人也是能失掉笑的，是曾经沧海的人。两者都是伟大的发现。曾经沧海的人发现了这个真理，绝不会垂头丧气，而是加倍地精神抖擞。我认识的那一位革命老前辈，在这里又成了我的一面镜子。我们都要感激那个沧海，它在另一方面教育了我们。我从小就喜欢读苏东坡的词句：

"人有悲欢离合，月有阴晴圆缺，此事古难全。但愿人长久，千里共婵娟。"我想改一下最后两句："但愿人长笑，千里共婵娟。"我愿意永远永远听到那爽朗的笑声。

1979 年 1 月 31 日

# 当时只道是寻常

　　这是一句非常明白易懂的话，却道出了几乎人人都有的感觉。所谓"当时"者，指人生过去的某一个阶段。处在这个阶段中时，觉得过日子也不过如此，是很寻常的。过了十几二十年或者更长的时间，回头一看，当时实在有不寻常者在。因此有人，特别是老年人，喜欢在回忆中生活。

　　在中国，这种情况更比较突出，魏晋时代的人喜欢做羲皇上人。这是一种什么心理呢？"鸡犬之声相闻，而老死不相往来"，真就那么好吗？人类最初不会种地，只是采集植物，猎获动物，以此为生。生活是十分艰苦的。这样的生活有什么可向往的呢！

　　然而，根据我个人的经验，发思古之幽情，几乎是每个人都有的。到了今天，沧海桑田，世界有多少次巨大的变化。人们思古的情绪却依然没变。我举一个具体的例子。十几年前，我重访了我曾待过十年的德国哥廷根。我的老师瓦尔德施密特教授夫妇都还健在，但已今非昔比——房子捐给梵学研究所，汽车也已卖掉。他们只有一个独生子，二战中阵亡。此时老夫妇二人孤零零地住在一座十分豪华的养老院里。院里设备十分齐全，游泳池、网球场等一应俱全。但是，这些设备对七八十岁、八九十岁的老人有什么用处呢？让老人们触目惊心的是，每隔一段时间就有某一个房号空了出来，主人见上帝去了。这对老人们的刺激之大是不言而喻的。我的来临大出教授的意料，他简直有点喜不自胜的意味。夫人摆出了当年我在哥廷根时常吃的点心。教授仿佛返老还童，回到当年去了。他笑着说："让我们好好地过一过当年过的日子，说一说当年常说的话！"我含着眼泪离开了教授夫妇，嘴里说着连自己都不相信的话："过几年，我还会来看你们的。"

我的德国老师不会懂"当时只道是寻常"的隐含意蕴，但是古今中外人士所共有的这种怀旧追忆的情绪却是有的。这种情绪通过我上面描述的情况完全流露出来了。

仔细分析起来，"当时"是很不相同的。国王有国王的"当时"，有钱人有有钱人的"当时"，平头老百姓有平头老百姓的"当时"。在李煜眼中，"当时"是"车如流水马如龙，花月正春风"游上林苑的"当时"。对此，他没有别的办法，只有哀叹"天上人间"了。

我不想对这个概念再进行过多的分析。本来是明明白白的一点真理，过多的分析反而会使它迷离模糊起来。我现在想对自己提出一个怪问题：你对我们的现在，也就是眼前这个现在，感觉到是寻常呢，还是不寻常？这个"现在"，若干年后也会成为"当时"的。到了那时候，我们会不会说"当时只道是寻常"呢？现在无法预言。现在我住在医院中，享受极高的待遇。应该说，没有什么不满足的地方。但是，倘若扪心自问："你认为是寻常呢，还是不寻常？"我真有点说不出。也许只有到了若干年后，我才能说："当时只道是寻常。"

# 容　忍

　　人处在家庭和社会中，有时候恐怕需要讲点容忍的。

　　唐朝有一个姓张的大官，家庭和睦，美名远扬，一直传到了皇帝的耳中。皇帝赞美他治家有道，问他道在何处，他一气写了一百个"忍"字。这说得非常清楚：家庭中要互相容忍，才能和睦。这个故事非常有名。在旧社会，新年贴春联，只要门楣上写着"百忍家声"就知道这一家一定姓张。中国姓张的全以祖先的容忍为荣了。

　　但是容忍也并不容易。1935 年，我乘西伯利亚铁路的车经苏联赴德国，车过中苏边界上的满洲里，停车四小时，由苏联海关检查行李。这是无可厚非的，入国必须检查，这是世界公例。但是，当时的苏联大概认为，我们这一帮人，从一个资本主义国家到另一个资本主义国家，恐怕没有好人，必须严查，以防万一。检查其他行李，我决无意见。但是，在哈尔滨买的一把最粗糙的铁皮壶，却成了被检查的首要对象。这里敲敲，那里敲敲，薄薄的一层铁皮绝藏不下一颗炸弹的，然而他却敲打不止。我真有点无法容忍，想要发火。我身旁有一位年老的老外，是与我们同车的，看到我的神态，在我耳旁悄悄地说了句：Patience is the great virtue（容忍是很大的美德）。我对他微笑，表示致谢。我立即心平气和，天下太平。

看来容忍确是一件好事，甚至是一种美德。但是，我认为，也必须有一个界限。我们到了德国以后，就碰到这个问题。旧时欧洲流行决斗之风，谁污辱了谁，特别是谁的女情人，被污辱者一定要提出决斗，或用手枪，或用剑。普希金就是在决斗中被枪打死的。我们到了的时候，此风已息，但仍发生。我们几个中国留学生相约：如果外国人污辱了我们自身，我们要揣度形势，主要要容忍，以东方的恕道克制自己。但是，如果他们污辱我们的国家，则无论如何也要同他们玩儿命，决不容忍。这就是我们容忍的界限。幸亏这样的事情没有发生，否则，我就活不到今天在这里舞笔弄墨了。

现在我们中国人的容忍水平，看了真让人气短。在公共汽车上，挤挤碰碰是常见的现象。如果碰了或者踩了别人，连忙说一声"对不起"就能够化干戈为玉帛，然而有不少人连"对不起"都不会说了。于是就相吵相骂，甚至于扭打，甚至打得头破血流。我们这个伟大的民族怎么竟变成了这个样子！我在自己心中暗暗祝愿：容忍兮，归来！

1996 年 12 月 17 日

# 三思而行

　　"三思而行"，是我们现在常说的一句话，是劝人做事不要鲁莽，要仔细考虑，然后行动，则成功的可能性会大一些，碰壁的可能性会小一些。

　　要数典而不忘祖，也并不难。这个典故就出在《论语·公冶长第五》："季文子三思而后行。子闻之曰：'再，斯可矣。'"这说明，孔老夫子是持反对意见的。吾家老祖宗文子（季孙行父）的三思而后行的举动，两千六七百年以来，历代都得到了几乎全天下人的赞扬，包括许多大学者在内。查一查《十三经注疏》，就能一目了然。《论语正义》说："三思者，言思之多，能审慎也。"许多书上还表扬了季文子，说他是"忠而有贤行者"。甚至有人认为三思还不够。《三国志·吴志·诸葛恪传注》中说：有人劝恪"每事必十思"。可是我们的孔圣人却冒天下之大不韪，批评了季文子三思过多，只思两次（再）就够了。

　　这怎么解释呢？究竟谁是谁非呢？

　　我们必须先弄明白，什么叫"三思"。总的来说，对此有两个解释。一个是"言思之多"，这在上面已经引过。一个是"君子之谋也，始、衷、终皆举之而后入焉"。这话虽为文子自己所说，然而孔子以及上万上亿的众人却不这样理解。他们理解，一直到今天，仍然是"多思"。

多思有什么坏处呢？又有什么好处呢？根据我个人几十年来的体会，除了下围棋、象棋等以外，多思有时候能使人昏昏，容易误事。平常骂人说是"不肖子孙"，意思是与先人的行动不一样的人。我是季文子的最"肖"子孙。我平常做事不但三思，而且超过三思，是否达到了人们要求诸葛恪做的"十思"，没做统计，不敢乱说。反正是思过来，思过去，越思越糊涂，终而至于头昏昏然，而仍不见行动，不敢行动。我这样一个过于细心的人，有时会误大事的。我觉得，碰到一件事，绝不能不思而行，鲁莽行动。记得当年在德国时，法西斯统治正如火如荼。一些盲目崇拜希特勒的人，常常使用一个词儿 Darauf-galngertum，意思是"说干就干，不必思考"。这是法西斯的做法，我们必须坚决扬弃。遇事必须深思熟虑。先考虑可行性，考虑的方面越广越好。然后再考虑不可行性，也是考虑的方面越广越好。正反两面仔细考虑完以后，就必须加以比较，做出决定，立即行动。如果你考虑正面，又考虑反面之后，再回头来考虑正面，又再考虑反面，那么，如此循环往复，终无宁日，最终成为考虑的巨人、行动的侏儒。

所以，我赞成孔子的"再，斯可矣"。

# 难得糊涂

清代郑板桥提出来的亦书写出来的"难得糊涂"四个大字，在中国，真可以说是家喻户晓、尽人皆知的。一直到今天，二百多年过去了，但在人们的文章里，讲话里，以及嘴中常用的口语中，这四个字还经常出现，人们都耳熟能详。

我也是难得糊涂党的成员。

不过，在最近几个月中，在经过了一场大病之后，我的脑筋有点开了窍。我逐渐发现，糊涂有真假之分，要区别对待，不能眉毛胡子一把抓。

什么叫真糊涂，而什么又叫假糊涂呢？

用不着做理论上的论证，只举几个小事例就足以说明了。例子就从郑板桥举起。

郑板桥生在清代乾隆年间，所谓康乾盛世的下一半。所谓盛世历代都有，实际上是一块其大无垠的遮羞布。在这块布下面，一切都照常进行。只是外寇来得少，人民作乱者寡，大部分人能勉强吃饱了肚子，"不识不知，顺帝之则"了。最高统治者的宫廷斗争，仍然是血腥淋漓，外面小民是不会知道的。

历代的统治者都喜欢没有头脑没有思想的人，有这两个条件的只是士这个阶层，所以士一直是历代统治者的眼中钉。可离开他们又不行，于是胡萝卜与大棒并举，少部分争取到皇帝帮闲或帮忙的人，大致已成定局。等而下之，一大批士就只有一条向上爬的路——科举制度。

成功与否，完全看自己的运气。

翻一翻《儒林外史》，就能洞悉一切。但同时皇帝也多以莫须有的罪名大兴文字狱，杀鸡给猴看。统治者就这样以软硬兼施的手法，统治天下。看来大家都比较满意。

但是我认为，这是真糊涂，如影随形，就在自己身上，并不"难得"。

我的结论是：真糊涂不难得，真糊涂是愉快的，是幸福的。

此事古已有之，历代如此。《楚辞》所谓"举世皆浊我独清，众人皆醉我独醒"，所谓"醉"，就是我说的糊涂。

可世界上还偏有郑板桥这样的人，虽然人数极少极少，但毕竟是有的。他们为天地留了点正气。他已经考中了进士。据清代的一本笔记上说，由于他的书法不是台阁体，没能点上翰林，只能外放当一名知县，"七品官耳"。他在山东潍县做了一任县太爷，又偏有同情心，同情小民疾苦，有在潍县衙斋里所作的诗为证。结果是上官逼，同僚挤，他忍受不了，只好丢掉乌纱帽，到扬州当八怪去了。他一生诗书画中都有一种愤懑不平之气，有如司马迁的《史记》。他倒霉就倒在世人皆醉而他独醒，也就是世人皆真糊涂而他独必须装糊涂，假糊涂。

我的结论是：假糊涂才真难得，假糊涂是痛苦，是灾难。

现在说到我自己。

我初进三〇一医院的时候，始终认为自己患的不过是癣疥之疾。隔壁房间里主治大夫正与北大校长商议发出病危通告，我这里却仍然嬉皮笑脸，大说其笑话。在医院里的四十六天，我始终没有危急感。现在想起来，真是后怕。原因就在，我是真糊涂，极不难得，极为愉快。

我虔心默祷上苍，今后再也不要让真糊涂进入我身，我宁愿一生背负假糊涂这一个十字架。

2002 年 12 月 2 日在三〇一医院于大夫护士嘈杂声中写成，

亦一快事也

# 糊涂一点，潇洒一点

最近一个时期，经常听到人们的劝告：要糊涂一点，要潇洒一点。

关于第一点糊涂问题，我最近写过一篇短文《难得糊涂》。在这里，我把糊涂分为两种，一个叫真糊涂，一个叫假糊涂。普天之下，绝大多数的人，争名于朝，争利于市。尝到一点小甜头，便喜不自胜，手舞足蹈，心花怒放，忘乎所以。碰到一个小钉子，便忧思焚心，眉头紧皱，前途暗淡，哀叹不已。这种人滔滔者天下皆是也。他们是真糊涂，但并不自觉。他们是幸福的，愉快的。愿老天爷再向他们降福。

至于假糊涂或装糊涂，则以郑板桥的"难得糊涂"最为典型。郑板桥一流的人物是一点也不糊涂的。但是现实的情况又迫使他们非假糊涂或装糊涂不行。他们是痛苦的。我祈祷老天爷赐给他们一点真糊涂。

谈到潇洒一点的问题，首先必须对这个词儿进行一点解释。这个词儿圆融无碍，谁一看就懂，再一追问就糊涂。给这样一个词儿下定义，是超出我的能力的。还是查一下词典好。《现代汉语词典》的解释是："（神情、举止、风貌等）自然大方，有韵致，不拘束。"看了这个解释，我吓了一跳。什么"神情"，什么"风貌"，又是什么"韵致"，全是些抽象的东西，让人无法把握。这怎么能同我平常理解和使用的"潇洒"挂上钩呢？我是主张模糊语言的，现在就让"潇洒"这个词儿模糊一下吧。我想到中国六朝时代一些当时名士的举动，特别是《世说新语》等书所记载的，比如刘伶的"死便埋我"，什么雪夜访戴等，应该算是"潇洒"吧。可我立刻又想到，这些名士，表面上潇洒，实际上心中如焚，时时刻刻担心自己的脑袋。有的还终于逃不过去，嵇康就是一个著名的例子。

写到这里，我的思维活动又逼迫我把"潇洒"，也像"糊涂"一样，分为两类：一真一假。六朝人的潇洒是装出来的，因而是假的。

这些事情已经"俱往矣"，不大容易了解清楚。我举一个现代的例子。20世纪30年代，我在清华读书的时候，一位教授（姑隐其名）总想充当一下名士，潇洒一番。冬天，他穿上锦缎棉袍，下面穿的是锦缎棉裤，用两条彩色丝带把棉裤紧紧地系在腿的下部。头发也故意不梳得油光锃亮。他就这样飘飘然走进课堂，顾影自怜，大概十分满意。在学生们眼中，他这种矫揉造作的潇洒，却是丑态可掬，辜负了他一番苦心。

同这位教授唱对台戏的——当然不是有意的——是俞平伯先生。有一天，平伯先生把脑袋剃了个精光，高视阔步，昂然从城内的住处出来，走进了清华园。园内几千人中这是唯一的一个精光的脑袋，见者无不骇怪，指指点点，窃窃私议，而平伯先生则全然置之不理，照样登上讲台，高声朗诵宋代名词，摇头晃脑，怡然自得。朗诵完了，连声高呼："好！好！就是好！"此外再没有别的话说。古人说："是真名士自风流。"同那位教英文的教授一比，谁是真风流，谁是假风流；谁是真潇洒，谁是假潇洒，昭然呈现于光天化日之下。

这一个小例子，并没有什么深文奥义，只不过是想辨真伪而已。

为什么人们提倡糊涂一点，潇洒一点呢？我个人觉得，这能提高人们的和为贵的精神，大大地有利于安定团结。

写到这里，这一篇短文可以说是已经写完了。但是，我还想加上一点我个人的想法。

当前，我国举国上下，争分夺秒，奋发图强，巩固我们的政治，发展我们的经济，以期能在预期的时间内建成名副其实的小康社会。哪里容得半点糊涂、半点潇洒！但是，我们中国人一向是按照辩证法的规律行动的。古人说："文武之道，一张一弛。"有张无弛不行，有弛无张也不行。张弛结合，斯乃正道。提倡糊涂一点，潇洒一点，正是为了达到这个目的。

# 睁一只眼，闭一只眼

我活了八十多岁，到现在才真正第一次真切地感觉到：我有两只眼睛。

在过去八十多年中，两只眼睛合作得像一只眼睛一样，只有和谐，没有矛盾；只有合作，没有冲突。它俩陪我走过了世界上三十个国家，看到过撒哈拉大沙漠，看到过塔克拉玛干大沙漠；看到过尼罗河、幼发拉底河、湄公河，看到过长江、黄河；看到过黄山的云海，看到过泰山的五大夫松；看到过春花，看到过秋月；看到过朝霞，看到过夕照；看到过朋友，看到过敌人；看遍了大千世界的众生相，并且探幽烛微，深窥某一些人的心灵深处。总之，是它们俩帮助我了解了世界，了解了人情。否则，我只能是盲人一个，浑浑噩噩，糊涂一生。

然而，我却从未意识到它们竟是两个。

最近，由于白内障，右眼动了手术，而左眼没有动。结果大出我意料：右眼的视力达到了 0.6，能看清我多年认为是黑色的毛衣原来是深蓝色的，我非常惊喜。可是，如果闭上右眼，睁开左眼，我的毛衣仍然是黑色的。这又令我极为扫兴。我的两只合作了八十多年的眼睛，现在忽然闹起矛盾来：它们原来是两个。

这给我带来了极大的困难。

搞我们这一行爬格子的人，看书写字都离不开眼睛。现在两只眼忽然不合作起来，看稿纸，一边是白而亮的；另一边却是阴暗昏黄的，你让我怎样下笔？一不小心，偏听偏信了某一只眼睛，字就会写得出了格子，不成字形。

中国老百姓有一句俗话："睁一只眼，闭一只眼。"意思是看到了非法之事或非法之人，你就睁一只眼，闭一只眼，装作没有看见。这是和稀泥、息事宁人的歪门邪道，不属于中国老百姓崇高的伦理标准。然而奉行此话者却大有人在。我并不赞成，但有时却也想仿效。我是赞成"路见不平，拔刀相助"的。根据眼前的社会风气，我看还是不拔刀为好。有时候你拔刀相助那个人本身一看风头不对，会对你反咬一口的。

如果我现在想运用"睁一只眼，闭一只眼"这个法宝，却凭空增加了困难。我究竟应该闭哪一只眼又睁哪一只眼呢？闭左眼，没有用；因为即使睁开也是白睁，眼前一片昏暗，什么也看不见。如果睁开右眼，则眼前光明辉耀，物无遁形，想装看不见，也是不可能的了。

我现在深悔，不应该为右眼动手术。如果不动的话，则两只眼同样老花昏暗，不法之事和不法之人，我根本看不清，用不着睁一只眼，闭一只眼，就能够六根清净，心地圆融，根本不伤什么脑筋。可我现在既然已经动了，决无恢复原状的可能。那么，怎么办呢？我只能套用李密《陈情表》中的两句话："羡林进退，实为狼狈。"

1997 年 9 月 17 日

# 三

## 人活一世，就像作一首诗

# 谈礼貌

　　眼下，即使不是百分之百的人，也是绝大多数的人，都抱怨现在社会上不讲礼貌。这是完全有事实做根据的。许多年前，当时我腿脚尚称灵便，出门乘公共汽车的时候多，几乎每一次我都看到在车上吵架的人，甚至动武的人。起因都是微不足道的：你碰了我一下，我踩了你的脚，如此等等。试想，在拥拥挤挤的公共汽车上，谁能不碰谁呢？这样的事情也值得大动干戈吗？

　　曾经有一段时间，有关的机关号召大家学习几句话："谢谢""对不起"等等。就是针对上述的情况而发的。其用心良苦，然而我心里却觉得不是滋味。一个有五千年文明的堂堂大国竟要学习幼儿园孩子们学说的话，岂不大可哀哉！

　　有人把不讲礼貌的行为归咎于新人类或新新人类。我并无资格成为新人类的同党，我已经是属于博物馆的人物了。但是，我却要为他们打抱不平。在他们诞生以前，有人早着了先鞭。不过，话又要说回来。新人类或新新人类确实在不讲礼貌方面有所创造，有所前进，他们发扬光大了这种并不美妙的传统，他们（往往是一双男女）在光天化日之下，车水马龙之中，拥抱接吻，旁若无人，扬扬自得，连在这方面比较不拘细节的老外看了都目瞪口呆，惊诧不已。古人说："闺房之内，有甚于画眉者。"这是两口子的私事，谁也管不着。但这是在闺房之内的事，现在竟几乎要搬到大街上来，虽然还没有到"甚于画眉"的水平，可是已经很可观了。新人类还要新到什么程度呢？

如果一个人孤身住在深山老林中，你愿意怎样都行。可我们是处在社会中，这就要讲究点人际关系。人必自爱而后人爱之。没有礼貌是目中无人的一种表现，是自私自利的一种表现，如果这样的人多了，必然产生与社会不协调的后果。千万不要认为这是个人小事而掉以轻心。

现在国际交往日益频繁，不讲礼貌的恶习所产生的恶劣影响已经不局限于国内，而是会流布全世界。前几年，我看到过一个什么电视片，是由一个意大利著名摄影家拍摄的，主题是介绍北京情况的。北京的名胜古迹当然都包罗无遗，但是，我的眼前忽然一亮：一个光着膀子的胖大汉子骑自行车双手撒把做打太极拳状，飞驰在天安门前宽广的大马路上。给人的形象是野蛮无礼。这样的形象并不多见。然而却没有逃过一个老外的眼光。我相信，这个电视片是会在全世界都放映的。它在外国人心目中会产生什么影响，不是一清二楚了吗？

最后，我想当一个文抄公，抄一段香港《公正报》上的话：

富者有礼高质，贫者有礼免辱，父子有礼慈孝，兄

弟有礼和睦，夫妻有礼情长，朋友有礼义笃，社会有礼
祥和。

2001 年 1 月 29 日

# 论压力

《参考消息》今年 7 月 3 日以半版的篇幅介绍了外国学者关于压力的说法。我也正考虑这个问题，因缘和合，不免唠叨上几句。

什么叫"压力"？上述文章中说："压力是精神与身体对内在与外在事件的生理与心理反应。"下面还列了几种特性，今略。我一向认为，定义这玩意儿，除在自然科学上可能确切外，在人文社会科学上则是办不到的。上述定义我看也就行了。

是不是每一个人都有压力呢？我认为，是的。我们常说，人生就是一场拼搏，没有压力，哪来的拼搏？佛家说，生、老、病、死、苦，苦也就是压力。过去的国王、皇帝，近代外国的独裁者，无法无天，为所欲为，看上去似乎一点压力都没有。然而他们却战战兢兢，时时如临大敌，担心边患，担心宫廷政变，担心被毒害被刺杀。他们是世界上最孤独的人，压力比任何人都大。大资本家钱太多了，担心股市升降，房地产价波动，等等。至于吾辈平民老百姓，"家家有一本难念的经"，这些都是压力，谁能躲得开呢？

压力是好事还是坏事？我认为是好事。从大处来看，现在全球环境污染，生态平衡破坏，臭氧层出洞，人口爆炸，新疾病丛生，等等，人们感觉到了，这当然就是压力，然而压出来却是增强忧患意识，增强防范措施，这难道不是天大的好事吗？对一般人来说，法律和其他一切合理的规章制度都是压力。然而这些压力何等好啊！没有它，社会将会陷入混乱，人类将无法生存。这个道理极其简单明了，一说就懂。我列举自己的一个例子。我不是一个没有名利思想的人——我怀疑真有这种人，过去由于一些我曾经说过的原因，表面上看起来，我似乎是淡泊名利，其实那多半是假象。但是，到了今天，我已至望九之年，名利对我已经没有什么用，用不着再争名于朝，争利于市，这方面的压力没有了。但是却来了另一方面的压力，主要来自电台采访和报刊以及友人约写文章。这对我形成颇大的压力。以写文章而论，有的我实在不愿意写，可是碍于面子，不得不应。应就是压力。于是"拨冗"苦思，往往能写出有点新意的文章。对我来说，这就是压力的好处。

压力如何排除呢？粗略来分类，压力来源可能有两类：一被动，一主动。天灾人祸，意外事件，属于被动，这种压力，无法预测，只有泰然处之，切不可杞人忧天。主动的来源于自身，自己能有所作为。我的"三不主义"的第三条是"不嘀咕"，我认为，能做到遇事不嘀咕，就能排除自己造成的压力。

1998 年 7 月 8 日

# 论恐惧

法国大散文家和思想家蒙田写过一篇散文《论恐惧》。他一开始就说：

我并不像有人认为的那样是研究人类本性的学者，对于人为什么恐惧所知甚微。

我当然更不是一个研究人类本性的学者，虽然在高中时候读过心理学这样一门课，但其中是否讲到过恐惧，早已忘到爪哇国去了。

可我为什么现在又写《论恐惧》这样一篇文章呢？

理由并不太多，也谈不上堂皇。只不过是因为我常常思考这个问题，而今又受到了蒙田的启发而已。好像是蒙田给我出了这样一个题目。

根据我读书思考的结果，也根据我自己的经验，恐惧这一种心理活动和行动是异常复杂的，绝不是三言两语所能说得清楚的。人们可以从很多角度来探讨恐惧问题，现在我谈一下我自己从一个特定角度上来研究恐惧现象的想法，当然也只能极其概括、极其笼统地谈。

我认为，应当恐惧而恐惧者是正常的。应当恐惧而不恐惧者是英雄。我们平常所说的从容镇定，处变不惊，就是指的这个。不应当恐惧而恐惧者是孱头。不应当恐惧而不恐惧者也是正常的。

两个正常的现象用不着讲，我现在专讲三两个不正常的现象。要举事例，那就不胜枚举。我索性专门从《晋书》里面举出两个事例，两个都与苻坚有关。《谢安传》中有一段话：

> 玄等既破坚，有驿书至，安方对客围棋，看书既，竟便摄放床上，了无喜色，棋如故。客问之，徐答曰："小儿辈遂已破贼。"

苻坚大兵压境，作为大臣的谢安理当恐惧不安，然而他竟这样从容镇定，至今传颂不已。所以我称之为英雄。

《晋书·苻坚传》有下面这几段话：

> 谢石等以既败梁成，水陆继进。坚与苻融登城而望王师，见部阵齐整，将士精锐，又北望山上草木皆类人形，顾谓融曰："此亦劲敌也，何谓少乎！"怃然有惧色。

下面又说：

> 坚大惭，顾谓其夫人张氏曰："朕若用朝臣之言，岂见今日之事耶！当何面目复临天下乎！"潸然流涕而去，闻风声鹤唳，皆谓晋师之至。

这活生生地画出了一个孱头。敌兵压境，应当振作起来，鼓励士兵，同仇敌忾，可是苻坚自己却先泄了气。这样的人不称为屡头，又称之为什么呢？结果留下了两句著名的话："风声鹤唳，草木皆兵。"至今还流传在人民的口中，也可以说是流什么千古了。

如果想从《论恐惧》这一篇短文里吸取什么教训的话，那就是明明白白地摆在眼前的。我们都要锻炼自己，对什么事情都不要惊慌失措，而要处变不惊。

2001 年 3 月 13 日

# 论正义

我先说一件小事情：

我到德国以后，不久就定居在一个小城里，住在一座临街的三层楼上。街上平常很寂静，几乎一点声音都没有，只有一排树寂寞地站在那里。但有一天的下午，下面街上却有了骚动。我从窗子里往下一看，原来是两个孩子在打架。一个大约有十四五岁，另外一个顶多也不过八九岁，两个孩子平立着，小孩子的头只达到大孩子的胸部。无论谁也一看就知道，这两个孩子真是势力悬殊，不是对手。果然刚一交手，小孩子已经被打倒在地上，大孩子就骑在他身上，前面是一团散乱的金发，背后是两条舞动着的穿了短裤的腿，大孩子的身躯仿佛一座山似的镇在中间。清脆的手掌打到脸上的声音就拂过繁茂的树枝飘上楼来。

几分钟后，大孩子似乎打得疲倦了，就站了起来，小孩子也随着站起来。大孩子忽然放声大笑，这当然是胜利的笑声。但小孩子也不甘示弱，他也大笑起来，笑声超过了大孩子。

这似乎又伤了大孩子的自尊心，跳上去，一把抓住小孩子的金发，把他按在地上，自己又骑他身上。前面仍然又是一团散乱的金发，背后是两条舞动的腿。清脆的手掌打到脸上的声音又拂过繁茂的树枝飘上楼来。

这时观众愈来愈多，大半都是大人，有的把自行车放在路边也来观战，战场四周围满了人。但却没有一个人来劝解。等大孩子第二次站起来再放声大笑的时候，小孩子虽然还勉强奉陪；但眼睛里却已经充满了泪。他仿佛是一只遇到狼的小羊，用哀求的目光看周围的人；但看到的却是一张张含有轻蔑讥讽的脸。他知道从他们那里绝对得不到援助了。抬头猛然看到一辆自行车上有打气的铁管，他跑过去，把铁管抢在手里，预备回来再战。但在这时候却有见义勇为的人们出来干涉了。他们从他手里把铁管夺走，把他申斥了一顿，说他没有勇气，大孩子手里没有武器，他也不许用。结果他又被大孩子按在地上。

我开头就注意到住在对面的一位胖太太在用水擦窗子上的玻璃。大战剧烈的时候，我就把她忘记了。其间她做了些什么事情，我丝毫没看到。等小孩子第三次被按到地上，我正在注视着抓在大孩子手里的小孩子的散乱的金发和在大孩子背后舞动着的双腿，蓦地有一条白光从对面窗子里流出来，我连吃惊都没来得及，再一看，两个孩子身上已经洒满了水，观众也有的沾了光。大孩子立刻就起来，抖掉身上的水，小孩子也跟着爬起来，用手不停地摸头，想把水挤出来。大孩子笑了两声，小孩子也放声狂笑。观众也都大笑着，走散了。

我开头就说到这是一件小事情，但我十几年来多少大事情都忘记了，却偏不能忘记这小事情，而且有时候还从这小事情想了开去，想到许多国家大事。日本占领东北的时候，我正在北平的一个大学里做学生。当时政府对日本一点办法都没有，尽管学生怎样请愿，怎样卧轨绝食，政府却只能搪塞。无论嘴上说得多强硬，事实上却把一切希望都放在国际联盟上，梦想欧美强国能挺身出来主持"正义"。我当时虽然对政府的举措一点都不满意；但我也很天真地相信世界上有"正义"这一种东西，而且是可以由人来主持的。我其实并没有思索，究竟什么是"正义"，我只是直觉地觉得这东西很是具体，一点也不抽象神秘。这东西既然有，有人来主持也自然是应当的。中国是弱国，日本是强国，以强国欺侮弱国，我们虽然丢了几省的地方，但有谁会说"正义"不是在我们这边呢？当然会有人替我们出来说话了。

但我很失望，我们的政府也同样失望。我当然很愤慨，觉得欧美列强太不够朋友，明知道"正义"是在我们这边，却只顾打算自己的利害，不来帮忙。我想我们的政府当道诸公也大概有同样的想法，而且一直到现在，事情已经过去十几年了，他们似乎还没有改变想法，他们对所谓"正义"还没有失掉信心。虽然屡次希望别人出来主持"正义"而碰了钉子，他们还仍然在那里做梦，梦到在虚无缥缈的神山那里有那么一件东西叫作"正义"。

对政府这种坚忍不拔的精神和毅力，我非常佩服。但我更佩服的是政府诸公的固执。现在我自己却似乎比以前聪明点了，我现在已经确切知道了，世界上，除了在中国人的心里以外，并没有"正义"这一种东西，我仿佛学佛的人蓦地悟到最高的智慧，心里的快乐没有法子形容。让我得到这样一个奇迹似的"顿悟"的，就是上面说的那一件小事情。

那一件小事情虽然发生在德国，但从那里抽绎出来的教训却对欧美各国都适用。说明白点就是，欧美各国所崇拜的都是强者，他们只对强者有同情，物质方面的强同精神方面的强都一样，而且他们也不管这"强"是怎样造成的。譬如上面说到的那两个孩子，大孩子明明比小孩子大很多岁，身体也高得多，力量当然也强。相形之下，小孩子当然是弱小者，而且对这弱小他自己一点都不能负责任；但德国人却不管这许多。只要大孩子能把小孩子打倒，在他们眼里，大孩子就成了英雄。他们能容许一个大孩子打一个小孩子，但却不容许小孩子利用武器，这是不是因为他们认为倘用武器就不算好汉？或者认为这样就不 Fair Play？这一点我还不十分清楚。

我不是哲学家，但我却想这样谈一个有点近于哲学的问题，我想把上面说的话引申一下，来谈一谈欧洲文明的特点。据我看，欧洲文明一个最显著的特点就是力的崇拜——身体的力和智慧的力都在内。这当然不自今日始，在很早的时候，他们已经有了这个倾向，所以他们要征服自然，要到各处去探险，要做别人不敢做的事情。在中世纪的时候，一个法官判决一个罪犯，倘若罪犯不服，他不必像现在这样麻烦，要请律师上诉，他只要求同法官决斗，倘若他胜了，一切判决就都失掉了效用。现在虽然不允许罪犯同法官决斗了，但决斗的风气仍然在民间流行。一提到决斗，他们千余年来制定的很完整的法律就再没有说话的权利，代替法律的是手枪利剑。另外还可以从一件小事情上看出这种倾向。在德国骂人，倘若应用我们的"国骂"，即便是从妈开始一直骂到三十六代的祖宗，他们也只摇摇头，一点不了解。倘若骂他们是猪是狗，他们也许会红脸。但倘若骂他们是懦夫（Feigling），他们立刻就会跳起来同你拼命。可见他们认为没有勇气、没有力量是最可耻的事情。反过来说，无论谁，只要有勇气、有力量，他们就崇拜，根本不问这勇气这力量用得是不是合理。谁有力量，"正义"就在谁那里。力量就等于"正义"。

我以前每次读俄国历史，总有那一个问题：为什么那几个比较软弱而温和的皇帝都给人民杀掉，而那几个刚猛暴戾且残酷的皇帝，虽然当时人民怕他们，或者甚至恨他们，然而时代一过就成了人民崇拜的对象？最好的例子就是伊凡四世。他当时残暴无道，拿杀人当儿戏，是一个在心理和生理方面都不正常的人。所以人民给他送了一个外号叫作"可怕的伊凡"。可见当时人民对他的感情并不怎样好。但时间一久，这坏感情全变了，民间产生了许多歌来歌咏甚至赞美这"可怕的伊凡"。在这些歌里，他已经不是"可怕的"，而是为人民所爱戴的人物了。这情形并不限于俄国，在别的地方也可以遇到。譬如希特勒，他生前固然为人民所爱戴拥护，当他把整个的德国带向毁灭，自己也毁灭了以后，成千万的人没有房子住，没有东西吃；几百年以来宏伟的建筑都烧成了断瓦颓垣；一切文化精华都荡然无存；论理德国人应该怎样恨他，但事实却正相反，我简直没有遇到多少真正恨他的人，这不是有点不可解么？但倘若我们从上面说到的观点来看，就会觉得这一点都不奇怪了，可怕的伊凡、更可怕的希特勒都是强者，都有力量，力量就等于"正义"。

回过头来再看我们中国，就立刻可以看出来，我们对"正义"的看法同欧洲人不大相同。我虽然在任何书里还没有找到关于"正义"的定义；但一般人却都对"正义"有一个不成文法的共同看法，只要有正义感的人绝不许一个十四五岁的大孩子打一个八九岁的小孩子。在小说里我们常看到一个豪杰或剑客走遍天下，专打抱不平，替弱者帮忙。虽然一般人未必都能做到这一步；但却没有人不崇拜这样的英雄。中国人因为世故太深，所以弄到"各人自扫门前雪，不管他人瓦上霜"，有时候不敢公然出来替一个弱者说话；但他们心里却仍然给弱者表同情。这就是他们的正义感。

这正义感当然是好的；但可惜时代变了，我们被拖到现代的以白人为中心的世界舞台上去，又适逢我们自己泄气，处处受人欺侮。我们自己承认是弱者，希望强者能主持"正义"来帮我们的忙。却没有注意，我们心里的"正义"同别人的"正义"完全不是一回事，我们自己虽然觉得"正义"就在我们这里；但在别人眼里，我们却只是可怜的丑角，低能儿。欧美人之所以不帮助我们，并不像我们普通想到的，这是他们的国策。事实上他们看了我们这种猥猥琐琐不争气的样子，从心里感到厌恶。一个敢打欧美人耳光的中国人在欧美人心目中的地位比一个只会向他们谄笑鞠躬的高等华人高得多。只有这种人他们才从心里佩服。可惜我们中国人很少有勇气打一个外国人的耳光，只会谄笑鞠躬，虽然心被填满了"正义"，也一点用都没有，仍然是左碰一个钉子，右碰一个钉子，一直碰到现在，还有人在那里做梦，梦到在虚无缥缈的神山那里有那么一件东西叫作"正义"。

我希望我们赶快从这梦里走出来。

1948 年 4 月 16 日北京大学

# 论朋友

人类是社会动物。一个人在社会中不可能没有朋友。任何人的一生都是一场搏斗。在这一场搏斗中，如果没有朋友，则形单影只，鲜有不失败者。如果有了朋友，则众志成城，鲜有不胜利者。

因此，在人类几千年的历史上，任何国家，任何社会，没有不重视交友之道的，而中国尤甚。在宗法伦理色彩极强的中国社会中，朋友被尊为五伦之一，曰"朋友有信"。我又记得什么书中说："朋友，以义合者也。""信""义"含义大概有相通之处。后世多以"义"字来要求朋友关系，比如《三国演义》"桃园三结义"之类就是。

《说文》对"朋"字的解释是"凤飞，群鸟从以万数，故以为朋党字"。"凤"和"朋"大概只有轻唇音重唇音之别。对"友"的解释是"同志为友"。意思非常清楚。中国古代，肯定也有"朋友"二字连用的，比如《孟子》。《论语》"有朋自远方来，不亦说乎！"却只用一个"朋"字。不知从什么时候起，"朋友"才经常连用起来。

在中国几千年的历史上，重视友谊的故事不可胜数。最著名的是管鲍之交、钟子期和伯牙的故事等等。刘、关、张三结义更是有口皆碑。一直到今天，我们还讲究"哥们儿义气"，发展到最高程度，就是"为朋友两肋插刀"。只要不是结党营私，我们是非常重视交朋友的。我们认为，中国古代把朋友归入五伦是有道理的。

我们现在看一看欧洲人对友谊的看法。欧洲典籍数量虽然远远比不上中国，但是，称之为汗牛充栋也是当之无愧的。我没有能力来旁征博引，只能根据我比较熟悉的一部书来引证一些材料，这就是法国著名的《蒙田随笔》。

《蒙田随笔》上卷，第二十八章，是一篇叫作《论友谊》的随笔。其中有几句话：

> 我们喜欢交友胜过其他一切，这可能是我们本性所使然。亚里士多德说，好的立法者对友谊比对公正更关心。

寥寥几句，充分说明西方对友谊之重视。蒙田接着说：

> 自古就有四种友谊：血缘的、社交的、待客的和男女情爱的。

这使我立即想到，中西对友谊含义的理解是不相同的。根据中国的标准，"血缘的"不属于友谊，而属于亲情。"男女情爱的"也不属于友谊，而属于爱情。对此，蒙田有长篇累牍的解释，我无法一一征引。我只举他对爱情的几句话：

爱情一旦进入友谊阶段，也就是说，进入意愿相投的阶段，它就会衰落和消逝。爱情是以身体的快感为目的，一旦享有了，就不复存在。相反，友谊越被人向往，就越被人享有，友谊只是在获得以后才会升华、增长和发展，因为它是精神上的，心灵会随之净化。

这一段话，很值得我们仔细推敲、品味。

1999 年 10 月 26 日

# 我的几个老师

　　提到正谊的师资，因为是私立，工资不高，请不到好教员。班主任叫王烈卿，绰号"王劣子"。不记得他教过什么课，大概是一位没有什么学问的人，很不受学生的欢迎。有一位教生物学的教员，姓名全忘记了。他不认识"玫瑰"二字，读之为"久块"，其他概可想象了。但也确有饱学之士。有一位教国文的老先生，姓杜，名字忘记了，也许当时就没有注意，只记得他的绰号"杜大肚子"。此人确系饱学之士，熟读经书，兼通古文，一手小楷写得俊秀遒劲，不亚于今天的任何书法家。听说前清时还有过什么功名。但是，他生不逢时，命途多舛，毕生浮沉于小学教员与中学教员之间，后不知所终。他教我的时候是我在高一的那一年。我考入正谊中学，录取的不是一年级，而是一年半级，由秋季始业改为春季始业。我只待了两年半，初中就毕业了。毕业后又留在正谊，念了半年高一。杜老师就是在这个时候教我们班的，时间是1926年，我十五岁。他出了一个作文题目，与描绘风景抒发感情有关。我不知天高地厚，写了一篇带有骈体文味道的作文。我在这里补说一句：那时候作文都是文言文，没有写白话文的。我对自己那一篇作文并没有沾沾自喜，只是写这样的作文，我还是第一次尝试，颇有期待老师表态的想法。发作文本的时候，看到杜老师在上面写满了密密麻麻的字，等于他重新写了一篇文章。他的批语是："要作花样文章，非多记古典不可。"短短一句话，可以说是正击中了我的要害。古文我读过不少，骈文却只读过几篇。这些东西对我的吸引力远远比不上《彭公案》《济公传》《七侠五义》等一类的武侠神怪小说。这些东西被叔父贬为"闲书"，是禁止阅读的，我却偏乐此不疲，有时候读起了劲，躲在被窝儿里利用手电筒来读。我脑袋里哪能有多少古典呢？仅仅凭着那几个古典和骈文日用的词句就想写"花样文章"，岂非是一个典型的癞蛤蟆吗？看到了杜老师批改的作文，我心中又是惭愧，又是高兴。惭愧的原因，用不着说。高兴的原因则是杜老师已年届花甲竟不嫌麻烦这样修改我的文章，我焉得不高兴呢？离开正谊以后，好多年没有回去，当然也就见不到杜老师了。我不知道他后来怎样了。但是，我却不时怀念他。他那挺着大肚皮步履蹒跚地走过操场去上课的形象，将永远留在我的记忆中。

另外一个让我难以忘怀的老师，就是教英文的郑又桥先生。他是南方人，不是江苏，就是浙江。他的出身和经历，我完全不知道，只知道他英文非常好，大概是专教高年级的。他教我们的时间，同杜老师同时，也是在高中一年级，当时那是正谊的最高年级。我自从进正谊中学将近三年以来，英文课本都是现成的：

《天方夜谭》《泰西五十轶事》，语法则是《纳氏文法》（Nesfield 的文法）。大概所有的中学都一样，郑老师用的也不外是这些课本。至于究竟是哪一本，现在完全忘记了。郑老师教书的特点，突出地表现在改作文上。别的同学的作文本我没有注意，我自己的作文，则是郑老师一字不改，根据我的原意另外写一篇。现在回想起来，这有很大的好处。我情动于中，形成了思想，其基础或者依据当然是母语，对我来说就是汉语，写成了英文，当然要受汉语的制约，结果就是中国式的英文。这种中国式的英文，一直到今天，还没有能消除。郑老师的改写是地道的英文，这是多年学养修炼成的，并不是每个人都能做到的。拿我自己的作文和郑先生的改作细心对比，可以悟到许多东西。简直可以说是一把开门的钥匙。可惜只跟郑老师学了一个学期，我就离开了正谊。再一次见面已经是二十多年以后的事情了。1947 年暑假，我从北京回到了济南。到母校正谊去探望。万没有想到竟见到了郑老师。我经过了三年高中，四年清华，十年德国，已经从一个小孩子变成了一个小伙子，而郑老师则已垂垂老矣。他住在靠大明湖的那座楼上中间一间屋子里，两旁以及楼下全是教室，南望千佛山，北倚大明湖，景色十分宜人。师徒二十多年没有见面，其喜悦可知。我曾改写杜诗："人生不相见，动如参与商。今日复何日，共此明湖光。"他大概对我这个徒弟感到很骄傲，曾在教课的班上，手持我的名片，激动地向同学介绍了一番。从那以后，"世事两茫茫"，再没有见到郑老师，也不知道他的下落。直到今天，我对他仍然是忆念难忘。

徐金台老师大概是正谊的资深教员，很受师生的尊敬。我没有上过他的课。但是，他在课外办了一个古文补习班。愿意学习的学生，只需每月交上几块大洋，就能够随班上课了。上课时间是下午放学以后，地点是阎公祠大楼的一间教室里，念的书是《左传》《史记》一类的古籍，讲授者当然就是徐金台老师了。叔父听到我说这一件事，很高兴，立即让我报了名。具体的时间忘记了，反正是在那三年中。记得办班的时间并不长，不知道是由于什么原因，突然结束了。大概读了几篇《左传》和《史记》。对我究竟有多大影响，很难说清楚。反正读了几篇古文，总比不读要好吧。叔父对我的古文学习，还是非常重视的。就在我在正谊读书的时候，他忽然心血来潮，亲自选编、亲自手抄了一本厚厚的《课侄选文》，并亲自给我讲解。选的文章都是理学方面的，唐宋八大家的文章一篇也没有选。说句老实话，我并不喜欢这类的文章。好在他只讲解过几次之后就置诸脑后，再也不提了。这对我是一件十分值得庆幸的事情，我仿佛得到了解放。

要谈正谊中学，必不能忘掉它的创办人和校长鞠思敏（承颖）先生。由于我同他年龄差距过大，他大概大我五十岁，我对他早年的活动知之甚少。只听说，他是民国初年山东教育界的领袖人物之一，当过什么长。后来自己创办了正谊中学，一直担任校长。我十二岁入正谊，他大概已经有六十来岁了，当然不可能引起他的注意，没有谈过话。我每次见到他，就油然升起敬仰之情。他个子颇高，身材魁梧，走路极慢，威仪俨然。穿着极为朴素，夏天布大褂，冬天布棉袄，脚上穿着一双黑布鞋，袜子是布做的。现在机器织成的袜子，当时叫作洋袜子，已经颇为流行了。可鞠先生的脚上却仍然是布袜子，可见他俭朴之一斑。

鞠先生每天必到学校里来，好像并不负责什么课程，只是来办公。我还是一个孩子，不了解办学的困难。在军阀的统治之下，军用票满天飞，时局动荡，民不聊生。在这样的情况下，维持一所有几十名教员、上千名学生的私立中学，谈何容易。鞠先生身上的担子重到什么程度，我简直无法想象了。然而，他仍然极端关心青年学生们的成长，特别是在道德素质方面，他更倾注了全部的心血，想把学生培养成有文化有道德的人。每周的星期一上午八时至九时，全校学生都必须集合在操场上。他站在台阶上对全校学生讲话，内容无非是怎样做人，怎样爱国，怎样讲公德、守纪律，怎样严于律己、宽以待人，怎样孝顺父母，怎样尊敬师长，怎样同同学和睦相处，总之，不外是一些在家庭中也常能听到的道德教条，没有什么新东西。他简直像一个絮絮叨叨的老太婆，而且每次讲话的内容都差不多。事实上，内容就只有这些，他根本不可能花样翻新。当时还没有什么扩音器等洋玩意儿。他的嗓音并不洪亮，站的地方也不高。我不知道，全体学生是否都能够听到，听到后的感觉如何。我在正谊三年，听了三年。有时候确也感到絮叨。但是，自认是有收获的。他讲的那一些普普通通做人的道理，都是金玉良言，我也受到了潜移默化。

在正谊中学，我曾进入尚实英文学社。这是一个私人办的学社，坐落在济南城内按察司街南口一条巷子的拐角处。创办人叫冯鹏展，是广东人，不知道何时流寓在北方，英文也不知道是在哪里学的，水平大概是相当高的。他白天在几个中学兼任英文教员，晚上则在自己家的前院里招生教英文。学生每月记得是交三块大洋。教员只有三位：冯鹏展先生、钮威如先生、陈鹤巢先生，他们都各有工作，晚上教英文算是副业；但是，他们教书都相当卖力气。学子趋之若鹜，总人数大概有七八十人。别人我不清楚，我自己是很有收获的。我在正谊之所以能在英文方面居全班之首，同尚实是分不开的。在中小学里，课程与课程在得分方面是很不相同的。历史、地理等课程，考试前只需临时抱佛脚死背一气，就必能得高分。而英文和国文则必须有根底才能得高分，而根底却是在相当长的时间内打下的，现上轿现扎耳朵眼儿是办不到的。在北园山大高中时期，我有一个同班同学，名叫叶建栉，记忆力特强。但是，两年考了四次，我总是全班状元，他总屈居榜眼，原因就是他其他杂课都能得高分，独独英文和国文，他再聪明也是上不去，就因为他根底不行。我的英文之所以能有点根底，同尚实的教育是紧密相连的。国文则同叔父的教育和徐金台先生是分不开的。

说句老实话，我当时并不喜欢读书，也无意争强，对大明湖蛤蟆的兴趣远远超过书本。现在回想起来，当时对我的压力真够大的。每天（星期天当然除外）早上从南关穿过全城走到大明湖，晚上五点再走回南关。吃完晚饭，立刻就又进城走到尚实英文学社，晚九点回家，真可谓马不停蹄了。但是，我并没有感觉到什么压力，在精神上和肉体上都没有。每天晚上，尚实下课后，我并不急于回家，往往是一个人沿着院东大街向西走，挨个儿看马路两旁的大小铺面，有的还在营业，当时电灯并不明亮。大铺子，特别是那些卖水果的大铺子，门口挂上一盏大的煤气灯，照耀得如同白昼。下面摆着摊子，在冬天也陈列着从南方运来的香蕉和橘子，再衬上本地产的苹果和梨。红绿分明，五光十色，真正诱人。我身上连一个铜板都没有，只能过屠门而大嚼，徒饱眼福。然而却百看不厌，每天晚上必到。一直磨蹭到十点多才回到家中。第二天一大早就又要长途跋涉了。

我就是这样度过了三年的正谊中学时期和几乎同样长的尚实英文学社时期。当时我十二岁到十五岁。

# 我的老师们

在深切怀念我的两个不在眼前的母亲的同时，在我眼前那一些德国老师们，就越发显得亲切可爱了。

在德国老师中同我关系最密切的当然是我的 Doktor — Vater（博士父亲）瓦尔德施米特教授。我同他初次会面的情景，我在上面已经讲了一点。他给我的第一个印象是，他非常年轻。他的年龄确实不算太大，同我见面时，大概还不到四十岁吧。他穿一身厚厚的西装，面孔是孩子似的面孔。我个人认为，他待人还是彬彬有礼的。德国教授多半都有点教授架子，这是他们的社会地位和经济地位所决定的，是不以人的意志为转移的。后来听说，在我以后的他的学生们都认为他很严厉。据说有一位女士把自己的博士论文递给他，他翻看了一会儿，一下子把论文摔到地下，愤怒地说道："Das ist aber alles Mist！（这全是垃圾，全是胡说八道！）"这位小姐从此耿耿于怀，最终离开了哥廷根。

我跟他学了十年，应该说，他从来没有对我发过脾气。他教学很有耐心，梵文语法抠得很细。不这样是不行的，一个字多一个字母或少一个字母，意义方面往往差别很大。我以后自己教学生，也学他的榜样，死抠语法。他的教学法是典型的德国式的。记得是德国19世纪的伟大东方语言学家埃瓦尔德（Ewald）说过一句话："教语言比如教游泳，把学生带到游泳池旁，把他往水里一推，不是学会游泳，就是淹死，后者的可能是微乎其微的。"瓦尔德施米特采用的就是这种教学法。第一、二两堂，念一念字母。从第三堂起，就读练习，语法要自己去钻。我最初非常不习惯，准备一堂课，往往要用一天的时间。但是，一个学期四十多堂课，就读完了德国梵文学家施腾茨勒（Stenzler）的教科书，学习了全部异常复杂的梵文文法，还念了大量的从梵文原典中选出来的练习。这个方法是十分成功的。

瓦尔德施米特教授的家庭，最初应该说是十分美满的。夫妇二人，一个上中学的十几岁的儿子。有一段时间，我帮助他翻译汉文佛典，常常到他家去，同他全家一同吃晚饭，然后工作到深夜。餐桌上没有什么人多讲话，安安静静。有一次他笑着对儿子说道："家里来了一个中国客人，你明天大概要在学校里吹嘘一番吧？"看来他家里的气氛是严肃有余，活泼不足。他夫人也是一个不大爱说话的人。

后来，大战一爆发，他自己被征从军，是一个什么军官。不久，他儿子也应征入伍。过了不太久，从1941年冬天起，东部战线胶着不进，相持不下，但战斗是异常激烈的。他们的儿子在北欧一个国家阵亡了。我现在已经忘记了，夫妇俩听到这个噩耗时反应如何。按理说，一个独生子幼年战死，他们的伤心可以想见。但是瓦尔德施米特教授是一个十分刚强的人，他在我面前从未表现出伤心的样子，他们夫妇也从未同我谈到此事。然而活泼不足的家庭气氛，从此更增添了寂寞冷清的成分，这是完全可以想象的了。

在瓦尔德施米特被征从军后的第一个冬天，他预订的大剧院的冬季演出票没有退掉。他自己不能观看演出，于是就派我陪伴他夫人观看，每周一次。我吃过晚饭，就去接师母，陪她到剧院。演出有歌剧，有音乐会，有钢琴独奏，有小提琴独奏等，演员都是外地或国外来的，都是赫赫有名的人物。剧场里灯火辉煌，灿如白昼；男士们服装笔挺，女士们珠光宝气，一片升平祥和的气象。我不记得在演出时遇到空袭，因此不知道敌机飞临上空时场内的情况。但是散场后一走出大门，外面是完完全全的另一个世界，顶天立地的黑暗，由于灯火管制，不见一缕光线。我要在这任何东西都看不到的黑暗中，送师母摸索着走很长的路到山下她的家中。一个人在深夜回家时，万籁俱寂，走在宁静的长街上，只听到自己脚步的声音，跫然而喜。但此时正是乡愁最浓时。

我想到的第二位老师是西克（Sieg）教授。

他的家世，我并不清楚。到他家里，只见到老伴一人，是一个又瘦又小的慈祥的老人。子女或什么亲眷，从来没有见过。看来是一个非常孤寂清冷的家庭，尽管老夫妇情好极笃，相依为命。我见到他时，他已经早越过了古稀之年。他是我平生所遇到的中外各国的老师中对我最爱护、感情最深、期望最大的老师。一直到今天，只要一想到他，我的心立即剧烈地跳动，老泪立刻就流满全脸。他对我传授知识的情况，上面已经讲了一点，下面还要讲到。在这里我只讲我们师徒二人相互间感情深厚的一些情况。为了存真起见，我仍然把我当时的一些日记，一字不改地抄在下面：

1940 年 10 月 13 日

　　昨天买了一张 Prof. Sieg 的相片，放在桌子上，对着自己。这位老先生我真不知道应该怎样感激他。他简直有父亲或者祖父一般的慈祥。我一看到他的相片，心里就生出无穷的勇气，觉得自己对梵文应该拼命研究下去，不然简直对不住他。

1941 年 2 月 1 日

　　五点半出来，到 Prof. Sieg 家里去。他要替我交涉增薪，院长已答应。这真是意外的事。我真不知道应该怎样感谢这位老人家，他对我好得真是无微不至，我永远不会忘记！

原来他发现我生活太清苦，亲自找文学院院长，要求增加我的薪水。其实我的薪水是足够用的，只因我枵腹买书，所以就显得清苦了。

1941 年，我一度想设法离开德国回国。我在 10 月 29 日的日记里写道：

十一点半，Prof. Sieg 去上课。下了课后，我同他谈到我要离开德国，他立刻兴奋起来，脸也红了，说话也有点震颤了。他说，他预备将来替我找一个固定的位置，好让我继续在德国住下去，万没想到我居然想走。他劝我无论如何不要走，他要替我设法同 Rektor（大学校长）说，让我得到津贴，好出去休养一下。他简直要流泪的样子。我本来心里还有点迟疑，现在又动摇起来了。一离开德国，谁知道哪一年再能回来，能不能回来？这位像自己父亲一般替自己操心的老人八九是不能再见了。我本来容易动感情。现在更制不住自己，很想哭上一场。

像这样的情况，日记里还有一些，我不再抄录了。仅仅这三则，我觉得，已经完全能显示出我们之间的关系了。还有一些情况，我在下面谈吐火罗文的学习时再谈，这里暂且打住。

我想到的第三位老师是斯拉夫语言学教授布劳恩（Braun）。他父亲生前在莱比锡大学担任斯拉夫语言学教授，他可以说是家学渊源，能流利地说许多斯拉夫语。我见他时，他年纪还轻，还不是讲座教授。由于年龄关系，他也被征从军。但根本没有上过前线，只是担任翻译，是最高级的翻译。苏联一些高级将领被德军俘虏，希特勒等法西斯头子要亲自审讯，想从中挖取超级秘密。担任翻译的就是布劳恩教授，其任务之重要可想而知。他每逢休假回家的时候，总高兴同我闲聊他当翻译时的一些花絮，很多是德军和苏军内部最高领导层的真实情况。他几次对我说苏军的大炮特别厉害，德国难望其项背。这是德国方面从来没有透露过的极端机密，给我留下了深刻的印象。

他的家庭十分和美。他有一位年轻的夫人，两个男孩子，大的叫安德烈亚斯，约有五六岁；小的叫斯蒂芬，只有二三岁。斯蒂芬对我特别友好，我一到他家，他就从远处飞跑过来，扑到我的怀里。他母亲教导我说："此时你应该抱住孩子，身体转上两三圈，小孩子最喜欢这玩意儿！"教授夫人很和气，好像有点愣头愣脑，说话直爽，但有时候没有谱儿。

布劳恩教授的家离我住的地方很近，走两三分钟就能到。因此，我常到他家里去玩。他有一幅中国古代的刺绣，上面绣着五个大字：时有溪山兴。他要我翻译出来。从此，他对汉文产生了兴趣，自己买了一本汉德字典，念唐诗。他把每一个字都查出来，居然也能讲出一些意思。我给他改正，并讲一些语法常识。对汉语的语法结构，他觉得既极怪而又极有理，同他所熟悉的印欧语系语言迥乎不同。他认为，汉语没有形态变化，也可能是优点，它能给读者以极大的联想自由，不像印欧语言那样被形态变化死死地捆住。

他是一个多才多艺的人，擅长油画。有一天，他忽然建议要给我画像。我自然应允了，于是有比较长的一段时间，我天天到他家里去，端端正正地坐在那里，当模特儿。画完了以后，他问我的意见。我对画不是内行，但是觉得画得很像我，因此就很满意了。在科学研究方面，他也表现了他的才艺。他的文章和专著都不算太多，他也不搞德国学派的拿手好戏：语言考据之学。用中国的术语来说，他擅长义理。他有一本讲19世纪沙俄文学的书，就是专从义理方面着眼，把列夫·托尔斯泰和陀思妥耶夫斯基列为两座高峰而展开论述，极有独特的见解，思想深刻，观察细致，是一部不可多得的著作。可惜似乎没有引起多少注意。我都觉得有寂寞冷落之感。

总之，布劳恩教授在哥廷根大学是颇为不得志的。正教授没有份儿，哥廷根科学院院士更不沾边儿。有一度，他告诉我，斯特拉斯堡大学有一个正教授缺了人，他想去，而且把我也带了去。后来不知为什么，没有实现。一直到四十多年以后我再次访问联邦德国时，我去看他，他才告诉我，他在哥廷根大学终于得到了一个正教授的职位，他认为可以满意了。然而他已经老了，无复年轻时的潇洒英俊。我一进门他第一句话就是："你晚来了一点，她已经在月前去世了！"我知道他指的是谁，我感到非常悲痛。安德烈亚斯和斯蒂芬都长大了，不在身边。老人看来也是冷清寂寞的。在西方社会中，失掉了实用价值的老人，大多如此。我欲无言了。去年听德国来人说，他已经去世。我谨以馨香一瓣，祝愿他永远安息！

我想到的第四位德国老师是冯·格林博士（Dr. von Crimm）。据说他是来自俄国的德国人，俄文等于是他的母语。在大学里，他是俄文讲师。大概是因为他从来没有发表过什么学术论文，所以连副教授的头衔都没有。在德国，不管你外语多么到家，只要没有学术著作，就不能成为教授。工龄长了，工资可能很高，名位却不能改变。这一点同中国是很不一样的。中国教授贬值，教授膨胀，由来久矣。这也算是中国的"特色"吧。反正冯·格林始终只是讲师。他教我俄文时已经白发苍苍，心里总好像是有一肚子气，终日郁郁寡欢。他只有一个老伴，他们就住在高斯—韦伯楼的三楼上。屋子极为简陋。老太太好像终年有病，不大下楼，但心眼儿极好，听说我患了神经衰弱症，夜里盗汗，特意送给我一个鸡蛋，补养身体。要知道，当时一个鸡蛋抵得上一个元宝，在饿急了的时候，鸡蛋能吃，而元宝则不能。这一番情意，我异常感激。冯·格林博士还亲自找到大学医院的内科主任沃尔夫（Wolf）教授，请他给我检查。我到了医院，沃尔夫教授仔仔细细地检查过以后，告诉我，这只是神经衰弱，与肺病毫不相干。这一下子排除了我的一块心病，如获重生。这更增加了我对这两位孤苦伶仃的老人的感激。离开德国以后，没有能再见到他们，想他们早已离开人世了，却永远活在我的心中。

我回想起来的老师当然不限于以上四位，比如阿拉伯文教授冯·素顿（Von Soden），英文教授勒德（Roeder）和怀尔德（Wilde），哲学教授海泽（Heyse），艺术史教授菲茨图姆（Vitzhum）侯爵，德文教授麦伊（May），伊朗语教授欣茨（Hinz）等，我都听过课或有过来往，他们待我亲切和蔼，我永远都不会忘记。我在这里就不一一叙述了。

1988 年

# 我最喜爱的书

我在下面介绍的只限于中国文学作品，外国文学作品不在其中。我的专业书籍也不包括在里面，因为太冷僻。

## 一、司马迁的《史记》

《史记》这一部书，很多人都认为它既是一部伟大的史籍，又是一部伟大的文学作品。我个人同意这个看法。平常所称的《二十四史》中，尽管水平参差不齐，但是哪一部也不能望《史记》之项背。

《史记》之所以能达到这个水平，司马迁的天才当然是重要原因；但是他的遭遇起的作用似乎更大。他无端受了宫刑，以致郁闷激愤之情溢满胸中，发而为文，句句皆带悲愤。他在《报任少卿书》中已有充分的表露。

## 二、《世说新语》

这不是一部史书，也不是某一个文学家和诗人的总集，而只是一部由许多颇短的小故事编纂而成的奇书。有些篇只有短短几句话，连小故事也算不上。每一篇几乎都有几句或一句隽语，表面简单淳朴，内容却深奥异常，令人回味无穷。六朝和稍前的一个时期内，社会动乱，出了许多看来脾气相当古怪的人物，外似放诞，内实怀忧。他们的举动与常人不同。此书记录了他们的言行，短短几句话，而栩栩如生，令人难忘。

## 三、陶渊明的诗

有人称陶渊明为"田园诗人"。笼统言之，这个称号是恰当的。他的诗确实与田园有关。"采菊东篱下，悠然见南山"这样的名句几乎是家喻户晓的。从思想内容来看，陶渊明颇近道家，中心是纯任自然。从文体来看，他的诗简易淳朴，毫无雕饰，与当时流行的镂金错彩的骈文迥异其趣。因此，在当时以及以后的一段时间内，对他的诗的评价并不高，在《诗品》中，仅列为中品。但是，时间越后，评价越高，最终成为中国伟大诗人之一。

## 四、李白的诗

李白是中国文学史上最伟大的天才之一，这一点是谁都承认的。杜甫对他的诗给予了最高的评价："白也诗无敌，飘然思不群。清新庾开府，俊逸鲍参军。"李白的诗风飘逸豪放。根据我个人的感受，读他的诗，只要一开始，你就很难停住，必须读下去。原因我认为是，李白的诗一气流转，这一股"气"不可抗御，让你非把诗读完不行。这在别的诗人的作品中，是很难遇到的现象。在唐代，以及以后的一千多年中，对李白的诗几乎只有赞誉，而无批评。

## 五、杜甫的诗

杜甫也是一个伟大的诗人，千余年来，李杜并称。但是，二人的创作风格却迥乎不同：李是飘逸豪放，而杜则是沉郁顿挫。从使用的格律上，也可以看出二人的不同。七律在李白集中比较少见，而在杜集中则颇多。摆脱七律的束缚，李白是没有枷锁跳舞；杜甫善于使用七律，则是带着枷锁跳舞，二人的舞都达到了极高的水平。在文学批评史上，杜甫颇受到一些人的指摘，而对李白则是绝无仅有的。

## 六、南唐后主李煜的词

后主词传留下来的仅有三十多首，可分为前后两期：前期仍在江南当小皇帝，后期则已降宋。后期词不多，但是篇篇都是杰作，纯用白描，不作雕饰，一个典故也不用，话几乎都是平常的白话，老妪能解；然而意境却哀婉凄凉，千百年来打动了千百万人的心。在词史上蔚然成一大家，受到了文艺批评家的赞赏。但是，对王国维在《人间词话》中赞美后主有佛祖的胸怀，我却至今尚不能解。

## 七、苏轼的诗文词

中国古代赞誉文人有三绝之说。三绝者，诗、书、画三个方面皆能达到极高水平之谓也。苏轼至少可以说已达到了五绝：诗、书、画、文、词。因此，我们可以说，苏轼是中国文学史和艺术史上最全面的伟大天才。论诗，他为宋代一大家。论文，他是唐宋八大家之一。笔墨凝重，大气磅礴。论书，他是宋代苏、黄、米、蔡四大家之首。论词，他摆脱了婉约派的传统，创豪放派，与辛弃疾并称。

## 八、纳兰性德的词

宋代以后，中国词的创作到了清代又掀起了一个新的高潮。名家辈出，风格不同，又都能各极其妙，实属难能可贵。在这群灿若明星的词家中，我独独喜爱纳兰性德。他是大学士明珠的儿子，生长于荣华富贵中，然而却胸怀愁思，流溢于楮墨之间。这一点我至今还难以得到满意的解释。从艺术性方面来看，他的词可以说是已经达到了完美的境界。

## 九、吴敬梓的《儒林外史》

胡适之先生给予《儒林外史》极高的评价。诗人冯至也酷爱此书。我自己也是极为喜爱《儒林外史》的。

此书的思想内容是反科举制度，昭然可见，用不着细说。它的特点在艺术性上。吴敬梓惜墨如金，从不作冗长的描述。书中人物众多，各有特性，作者只讲一个小故事，或用短短几句话，活脱脱一个人就仿佛站在我们眼前，栩栩如生。这种特技极为罕见。

## 十、曹雪芹的《红楼梦》

在古今中外众多的长篇小说中，《红楼梦》是一颗璀璨的明珠，是状元。中国其他长篇小说都没能成为"学"，而"红学"则是显学。内容描述的是一个大家族的衰微的过程。本书的特异之处也在它的艺术性上。书中人物众多，男女老幼、主子奴才、五行八作，应有尽有。作者有时只用寥寥数语而人物就活灵活现，让读者永远难忘。读这样一部书，主要是欣赏它的高超的艺术手法。那些把它政治化的无稽之谈，都是不可取的。

2001 年 3 月 21 日

# 在敦煌

　　刚看过新疆各地的许多千佛洞，在驱车前往敦煌莫高窟千佛洞的路上，我心里就不禁比较起来：在那里，一走出一个村镇或城市，就是戈壁千里，寸草不生；在这里，一离开柳园，也是平野百里，禾稼不长，然而却点缀着一些骆驼刺之类的沙漠植物，在一片黄沙中绿油油的充满了生机，看上去让人不感到那么荒凉、寂寞。

　　我们就是走过了数百里这样的平野，最终看到一片葱郁的绿树隐约出现在天际，后面是一列不太高的山冈，像是一幅中国水墨山水画。我暗自猜想：敦煌大概是快到了。

　　果然是敦煌到了。我对敦煌真可以说是"久仰大名，如雷贯耳"了。我在书里读到过敦煌，我听人谈到过敦煌，我也看过不知多少敦煌的绘画和照片。几十年梦寐以求的东西如今一下子看在眼里，印在心中，"相见翻疑梦"，我似乎有点怀疑，这是否是事实了。

　　敦煌毕竟是真实的。它的样子同我过去看过的照片差不多，这些我都是很熟悉的。此处并没有崇山峻岭、幽篁修竹，有的只不过是几个人合抱不过来的千岁老榆，高高耸入云天的白杨，金碧辉煌的牌楼，开着黄花、红花的花丛。放在别的地方，这一切也许毫无动人之处；然而放在这里，给人的印象却是沙漠中的一个绿洲，戈壁滩上的一颗明珠，一片淡黄中的一点浓绿，一个不折不扣的世外桃源。

至于千佛洞本身，那真是琳琅满目，美不胜收，五光十色，云蒸霞蔚。无论用多么繁缛华丽的语言文字，不管这样的语言文字有多少，也是无法描绘、无法形容的。这里用得上一句老话了："只能意会，不能言传。"洞子共有四百多个，大的大到像一座宫殿，小的小到像一个佛龛。几乎每一个洞子里都画着千佛的像。洞子不论大小，墙壁不论宽窄，无不满满地画上了壁画。艺术家好像决不吝惜自己的精力和颜料，决不吝惜自己的光阴和生命，把墙壁上的每一点空间、每一寸的空隙都填得满满的，多小的地方，他们也决不放过。他们前后共画了一千年，不知流出了多少汗水，不知耗费了多少心血，才给我们留下了这些动人心魄的艺术瑰宝。有的壁画，就暴露在光天化日之下，经过了一千年的风吹、雨打、日晒、沙浸，但彩色却浓郁如新，鲜艳如初。想到我们先人的这些业绩，我们后人感到无比的兴奋、震惊、感激、敬佩，这难道不是很自然的吗？

我们走进了洞子，就仿佛走进了久已逝去的古代世界，甚至古代的异域世界；仿佛走进了神话的世界，童话的世界。尽管洞内洞外一点声音都没有，但是看到那些大大小小的雕塑，特别是看到墙上的壁画：人物是那样繁多，场面是那样富丽，颜色是那样鲜艳，技巧是那样纯熟，我们内心里就不禁感到热闹起来。我们仿佛亲眼看到释迦牟尼从兜率天上骑着六牙白象下降人寰，九龙吐水为他洗浴，一下生就走了七步，口中大声宣称："天上天下，唯我独尊。"我们仿佛看到他读书、习艺。他力大无穷，竟把一只大象抛上天空，坠下时把土地砸了一个大坑。我们仿佛看到他射箭，连穿七个箭靶。我们仿佛看到他结婚，看到他出游，在城门外遇到老人、病人、死人与和尚，看到他夜半乘马逾城逃走，看到他剃发出家。我们仿佛看到他修苦行，不吃东西，修了六年，把眼睛修得深如古井。我们又仿佛看到他幡然改变主意，毅然放弃了苦行，吃了农女献上的粥，又恢复了精力，走向菩提树下，同恶魔波旬搏斗，终于成了佛。成佛后到处游行，归示，度子，年届八旬，在双林涅槃。使我们最感兴趣、给我们印象最深的是那许许多多的涅槃的画。释迦牟尼已经逝世，闭着眼睛，右胁向下躺在那里。他身后站着许多和尚和俗人。前排的人已经得了道，对生死漠然置之，脸上毫无表情地站在那里。后排的人，不管是国王，各族人民，还是和尚、尼姑，因为道行不高，尘欲未去，参不透生死之道，都号啕大哭，有的捶胸，有的打头，有的击掌，有的顿足，有的撕发，有的裂衣，有的甚至昏倒在地。我们真仿佛听到哭声震天，看到泪水流地，内心里不禁感到震动。最有趣的是外道六师，他们看到主要敌手已死，高兴得弹琴、奏乐、手舞、足蹈。在盈尺或盈丈的墙壁上，宛然一幅人生哀乐图。这样的宗教画，实际上是人世社会的真实描绘。把千载前的社会现实，栩栩如生地搬到我们今天的眼前来。

在很多洞子里，我们又仿佛走进了西方的极乐世界，所谓净土。在这个世界里，阿弥陀佛巍然坐在正中。在他的头上、脚下、身躯的周围画着极乐世界里各种生活享受：有伎乐，有舞蹈，有杂技，有饮馔。好像谁都不用担心生活有什么不足，衣来伸手，饭来张口。而且这些饮食和衣服，都用不着人工去制作。到处长着如意神树，树枝上结满了各种美好的饮食和衣着，要什么，有什么，只需一伸手一张口之劳，所有的愿望就都可以满足了。小孩子们也都兴高采烈，他们快乐得把身躯倒竖起来。到处都是美丽的荷塘和雄伟的殿阁，到处都是快活的游人。这些人同我们这些凡人一样，也过着世俗的生活。他们也结婚。新郎跪在地上，向什么人叩头。新娘却站在那里，羞答答不肯把头抬。许多参加婚礼的客人在大吃大喝。两只鸿雁站在门旁。我早就读过古代结婚时有所谓"奠雁"的礼节，却想不出是什么情景。今天这情景就摆在我眼前，仿佛我也成了婚礼的参加者了。他们也有老死。老人活过四万八千岁以后，自己就走到预先盖好的坟墓里去。家人都跟在他后面，生离死别。虽然也有人磕头涕哭，但是总的来看，脸上的表情却都是平静的、肃穆的，好像认为这是人生规律，无所用其忧戚与哀悼。所有这一切世俗生活的绘画，当然都是用来宣扬一个主题思想：不管在什么样的生活环境中，只要一心念阿弥陀佛，就可以往生净土，享受天福。这当然都是幻想，甚至是欺骗。但是艺术家的态度是认真的，他们的技巧是惊人的。他们仔细地描，小心地画，结果把本是虚无缥缈的东西画得像真实的事物一样，生动活泼、毫不含糊地展现在我们眼前，让我们对历史得到感性认识，让我们得到奇特美妙的艺术享受。艺术家可能真正相信这些神话，但是这对我们是无关紧要的，重要的是他们的画。这些画画得充满了热情，而且都取材于现实生活。在世界各国的历史上，所有的神仙和神话，不管是多么离奇荒诞，他们的模特儿总脱离不开人和人生，艺术家通过神仙和神话，让过去的人和人生重现在我们眼前。我们探骊得珠，于愿已足，还有什么可以强求的呢？

最使我吃惊的是一件小事：在这富丽堂皇的极乐世界中，在巍峨雄伟的楼台殿阁里，却忽然出现了一只小小的老鼠，鼓着眼睛，尖着尾巴，用警惕狡诈的目光向四下里搜寻窥视，好像见了人要逃窜的样子。我很不理解，为什么艺术家偏偏在这个庄严神圣的净土里画上一只老鼠。难道他们认为，即使在净土中，四害也是难免的吗？难道他们有意给这万人向往的净土开上一个小小的玩笑吗？难道他们有意表示即使是净土也不是百分之百的纯洁吗？我们大家都不理解，经过推敲与讨论，仍然是不理解。但是我们都很感兴趣，认为这位艺术家很有勇气，决不因循抄袭，决不搞本本主义，他敢于石破天惊地去创造。我们对他都表示敬意。

在许多洞子里，我们还看到了许多经变，什么法华经变，楞伽经变，金光明经变，如此等等。艺术家把经中的许多章节，不是根据经文，而是根据变文，用绘画的形式表现出来。在这些经变里，《法华经·普门品》似乎是最受欢迎的一品。《普门品》说，谁要是一心称观世音菩萨的名，入大火，大火不能烧；入大水，大水不能漂；入海求宝遇到黑风，船飘堕罗刹国，可以解脱罗刹之难；遭迫害临刑，刑刀段段坏；女子求生男孩，就可以生福德智慧之男；求生女孩，就可以生端正有相之女。总之，威灵显赫，有求必应。画上最多的是临刑刀寸寸断的情景。这似乎是最能形象地表现观音菩萨法力的一个题材。但是我们也可以看到许多描绘人民生活和生产的情景。一个农民赶着耕牛去耕地。许多小手工业者坐在那里制作什么东西。人们在家里面安静地宴客。人们在花园中游乐。人们到灞桥去送别亲友，折杨柳为赠。我曾在不知多少唐诗中读到这情景，今天才第一次在绘画上看到。最有意思、最耐人寻味的是许多绘画，画的是人们大便的情景、刷牙的情景，据我所知道的，在世界各国任何时代的任何绘画中都难找到这样的绘画。这好像也成了绘画的禁区。然而我们的艺术家却有勇气冲破这不成文而事实上却存在的禁区，把这种细微并不那么太雅观的情景画给我们看。除了佩服以外，我还能说些什么呢？此外，描绘舞蹈的场面和杂技的场面，也是非常动人的。一个个乐队，一个个乐工，手中执着各种各样的乐器，什么箫、笛、筝、琴、筚篥、排箫、阮咸、琵琶，还有尺八，神情是这样逼真，人物是这样细致，我们耳中仿佛能听到各种乐器和谐的弹奏声，静静的洞子一时喧闹起来。舞蹈的场面也很动人。男女舞人，翩翩起舞，有人甩着长大的袖子，有人动作非常强烈，所谓"胡旋舞"大概就是这个样子吧。我们看到的虽然不是真正舞蹈，而只是绘画，但是我们也恍然感到"观者如山色沮丧，天地为之久低昂。霍如羿射九日落，矫如群帝骖龙翔。来如雷霆收震怒，罢如江海凝清光"。至于杂技，更是动人心魄。一个演员站在那里，头上顶着长竿，竿顶上站着一个人，人头顶上还站着一个小孩子。看那摇摇欲坠的样子，我们不禁为画上的古人担忧起来。然而，不要怕，两旁还站着两个人哩。他们好像是为了防备万一而站在那里。虽然都戴着纱帽，斯斯文文的，看来好像也蛮有把握，我们可以放心了。前面坐着一些人，这大概就是观众。画面上人数不算多，但看上去却热闹得很。在古代文化交流中，音乐、舞蹈和杂技，好像是占有突出的地位。在新疆的许多千佛洞中，这样的场面也是随处可见的。

在所有的经变中，《维摩诘经变》是最常见的。这一部经在唐代大概非常流行、非常受欢迎的。唐代一个姓王的大诗人，取名维，字摩诘，合起来就是维摩诘，就是一个很好的证明。我们在很多洞子里，都看到关于维摩诘的壁画。尽管大小不同，洞子不同，但是他的形象基本上却是一致的。维摩诘手执麈尾或者扇子，傲然地斜坐在一张床上，眼神嘴角流露出一副能言善辩、轻蔑藐视的神态。这一部经本身就是一部很好的长篇小说，讲的是一个佛教的居士，名叫维摩诘，唐玄奘译为无垢称。他深通佛法，辩才无碍。有一次他病了，如来佛派大弟子舍利弗去问疾。舍利弗吃过他辩才的苦头，有点发怵不敢去。佛又派大目犍连、大迦叶、须菩提、富楼那弥多罗尼子、摩诃迦旃延、阿那律、优波离、罗睺罗、阿难、弥勒菩萨、善德等去，但是谁也没有胆量去。最后文殊师利膺命前往。维摩诘以神力空其室内，只留下了一张床，他生病坐在上面。于是二人展开了一场辩才战。诸菩萨、大弟子、群释、四天王等都赶来瞧热闹。后来舍利弗和大迦叶也赶了来。最后文殊师利和维摩诘一起来见佛。这一篇小说似的经文以如来把正法付嘱于弥勒佛而结束。小说本身内容很丰富，辩论很激烈，描绘很生动，对话很犀利。壁画更发展了这一部经文，把故事画得热闹非常、生动活泼，具有极大的感染力。维摩诘仿佛就要从床上站立起来，而且要走下墙来，同我们展开一场唇枪舌战……

　　在许多洞子里，除了神话故事以外，还画着许多世俗画。开洞的窟主往往把自己以及一家人都画在墙上。有时候画上一队男官人，前面的几个都是秃头的和尚；一队贵妇前面几个是秃头的尼姑。这是本家族里面出家的人，是他们的光荣，是他们的骄傲，所以才被画在前面。这些男女贵人排成队，好像要向佛爷走去。他们为什么要把自己的像画在这千佛洞里呢？是为了宗教功德吗？还是为了永垂不朽？恐怕二者都有一点吧。最引人注目的是《张义潮出游图》。唐代这一个独霸一方的大军阀、大官僚，在河西一带很有势力，很有影响，他一跺脚，整个河西走廊都会震动。他的家族开凿了不少的洞子，在一个洞子里就画着自己出游的情景。他自己巍然骑在马上，前面是部队开路，也都骑着马，有的手里拿着乐器，有的手里举着旗帜。拿乐器的正在猛吹猛奏，好像是要行人回避，也好像是在为军容壮声威。后面跟的是成群的扈从，都是宽衣博带，雍容华贵。乐器中除了喇叭等之外，还有画角，我从小念唐诗，不知多少次碰到"画角"这个字眼，但是始终没有见过画角是什么样子。今天见面，宛如故友重逢，感到分外亲切。总之，这一幅一千多年前的出游行乐图，色彩鲜艳、生动活泼地摆在我们眼前。当时的情景跃然壁上。我们今天站在下面看壁画的人，恍惚间成了当时站在路旁的旁观者，看人马杂沓，车如流水，乐声喧腾，尘土飞扬，好像正从墙壁的一端走向另一端，转瞬即逝。

在一个洞子里，我们还看到一幅巨大的《五台山图》。既然是五台山，当然与宣扬文殊菩萨是分不开的。但是我们今天看到的却是一幅用绘画形式表现出来的地图和人民生活图。这幅图上画的是从镇州（正定）一直到并州（太原）旅途的情景。这条绵延数百里的路是同绵延数百里的五台山分不开的。这座大山峰峦起伏，山头林立，宛如雨后的春笋一般。山上的名刹都画出了房舍，标出了名字。山下则是一条商路。商人熙熙攘攘，车水马龙，牲口背上驮着货物，匆匆忙忙向前趱行。旅途是遥远的，就必然要有住宿的客店。于是在图上许多地方都画着客店。店主人、店小二在热情地招呼客人，客人则是出出进进，热闹非常。我们今天的中国青年，甚至中年老年，习惯于住北京饭店、国际饭店一类的高楼大厦，对古代商人旅人行路困难丝毫没有认识。读到"鸡声茅店月，人迹板桥霜"，还有什么"夕阳西下，断肠人在天涯"，也许还能引起一些遐思，但是决不会引起同情，我们对那种生活已经非常非常有隔膜了。但是这一幅《五台山图》，会把我们带回到当年的生活环境中去，让我们做一个思古的梦。从这个意义上来讲，这一幅壁画无疑是我们的国宝之一。当年有一个帝国主义国家要出十万美元收买这幅壁画，没有得逞。否则，我们的这件国宝早已到了波士顿博物馆之类的地方去了。岂不惜哉！

在另外一些洞子里，我们还看到一些和尚西行求法的壁画。这也是必然的。开凿这些洞子主要是为了宣扬佛教。"千佛洞"这个名词本身就说明了一切。佛教来自印度，这里画着许多出生在印度的佛爷和菩萨，是很自然的。但是如果没有中国和尚到印度去取经，没有印度和尚到中国来送经，佛教是绝不会自己走来的。因此，我们总是期望，在某一些洞子里能够看到中国西行求法的和尚，事实上也正是这样，我们看到了，而且看到的还不少。一提到西行求法，谁都会立刻就想到唐代高僧玄奘。在一个洞子里，我们确实看到了唐僧取经的壁画。这是一幅水月观音的巨大壁画，水月观音巨大的身躯几乎占满了全壁。他身上衣着金碧辉煌，头上冠冕富丽堂皇。令人吃惊的是，他嘴上居然还留着一撮小胡子。他神态倨傲又慈悲，伸脚坐在那里。在壁画的右下角一块小小的地方画着玄奘，双手合十站在一个悬崖上，面向水月观音，好像正向他致敬。他身后是大徒弟孙悟空，手里牵着那一匹小白龙变成的马。二徒弟猪八戒和三徒弟沙僧跑到哪里去了呢？看样子他们并没有去寻山探路，也不是去托钵求斋，他们还站在壁画外面，正在向着壁画里走哩。

　　同求法高僧有联系的是商人。宗教按理说是出世的，和尚尼姑是不许触摸金银的。而"商人重利轻别离"，他们总是想赚大钱的。他们之间是风马牛不相及的，哪里会有什么联系呢？但是所有在中国境内的千佛洞都是开凿在丝绸之路沿线的，丝绸之路顾名思义是一条商业大道。这就有力地说明了二者间的密切关系。在印度佛教史上，从佛祖释迦牟尼开始，就同商人有亲密的往来，和尚和商人，不但相辅相成，而且相依为命。所以丝绸之路，同时也是宗教之路。中国、印度和其他国家的高僧很大一部分是走丝绸之路来往的。因此，在千佛洞里除了求法高僧外，看到商人的壁画，也是很自然的。在新疆拜城克孜尔千佛洞中，我曾在一壁佛画的中间一小块空隙中看到一个穿伊朗服装的商人，赶着几匹骆驼，上面驮着中国出产的丝，正在走路的样子。一个佛爷站在旁边，好像把自己右手的两个指头像点蜡烛一样点了起来，发出万丈光芒，照亮了丝绸之路。这幅壁画的用意是再清楚不过的，这里用不着多说。在敦煌的千佛洞里，丝绸之路也有所表现。贩运丝绸的中外商人，赶着骆驼和马，向西方迈进。沙路茫茫，前途万里，而商人毫不气馁。有的地方画着商人在路上走路的情况。路大概是很难走，马走得乏了，再也不想前进，于是一个商人在前面用力牵，另一个商人在后面拼命地用鞭子抽打，人忙马嘶的情景宛在目前，宛在耳边。还有不少地方画着商人遇劫的情况。一些绿林豪客手执明晃晃的钢刀，耀武扬威地挡在那里。商人们则卑躬屈膝，甚至跪在地上求饶，觳觫之状可掬，他们仿佛是在对话，声音就响在我们耳边。可见，虽然有佛光照亮万里长途，但人间毕竟是人间，行路难之叹，唐代诗人早就发出来了，何况是漫漫数万里呢？至于海上商路，虽然不在丝绸之路上，但是我们的艺术家也不放过。我们在几个地方都看到航海的商船。船并不大，上面画着几个人，好像都已经把船占满了，有点象征主义的味道。但是船外的海涛决不含糊地告诉我们，这是漂洋过海的壮举。为什么在万里之外的甘肃新疆大沙漠里，竟然画到海上贸易呢？这一点，我还不十分清楚，也还要推敲而且研究。

莫高窟的四百多个洞子，共有壁画四万多平方米，绘画的时间绵延了一千多年，内容包括了天堂、净土、人间、地狱、华夏、异域、和尚、尼姑、官僚、地主、农民、工人、商人、小贩、学者、术士、妓女、演员、男、女、老、幼，无所不有。在短短的几天之内，我仿佛漫游了天堂、净土，漫游了阴司、地狱，漫游了古代世界，漫游了神话世界，走遍了三千大千世界，攀登神山须弥山，见到了大梵天、因陀罗，同四大天王打过交道，同牛首马面有过会晤，跋涉过迢迢万里的丝绸之路，漂渡烟波浩渺的大海大洋，看过佛爷菩萨的慈悲相，听维摩诘的辩才无碍。我脑海里堆满色彩缤纷的众生相，错综重叠，突兀峥嵘，我一时也清理不出一个头绪来。在短短几天之内，我仿佛生活了几十年。在过去几十年中，对于我来说是非常抽象的东西，现在却变得非常具体了。这包括文学、艺术、风俗、习惯、民族、宗教、语言、历史等领域。我从前看到过唐代大画家阎立本的帝王图，李思训的金碧山水，宋朝米襄阳米点山水，明朝陈老莲的人物画，大涤子的山水画，曾经大大地惊诧于这些作品技巧之完美，意境之深邃。但在敦煌壁画上，这些都似乎是司空见惯，到处可见。而且敦煌壁画还要胜它们一筹：在这里，浪漫主义的气氛是非常浓的。有的画家竟敢画一个乐队，而不画一个人，所有的乐器都系在飘带上，飘带在空中随风飘拂，乐器也就自己奏出声音，汇成一个气象万千的音乐会。这样的画在中国绘画史上，甚至在别的国家的绘画史上能够找得到吗？

不但在洞子里我们好像走进了久已逝去的古代世界，就是在洞子外面，我们倘稍不留意，就恍惚退回到历史中去。我们游览国内的许多名胜古迹时，总会在墙壁上或树干上看到有人写上的或刻上的名字和年月之类的字，什么某某人何年何月到此一游。这种不良习惯我们真正是已经司空见惯，只有摇头苦笑。但要追溯这种行为的历史那恐怕是古已有之了。《西游记》上记载着如来佛显示无比的法力，让孙悟空在自己的手掌中翻筋斗，孙悟空翻了不知多少十万八千里的筋斗，最后翻到天地尽头，看到五根肉红柱子撑着一股青气。为了取信于如来佛，他拔下一根毫毛，吹口仙气，叫"变"，变作一管浓墨双毫笔，在那中间柱子上写一行大字，云："齐天大圣，到此一游。"还顺便撒了一泡猴尿。因此，我曾想建议这一些唯恐自己的尊姓大名不被人知、不能流传的善男信女，倘若组织一个学会时，一定要尊孙悟空为一世祖。可是在敦煌，我的想法有些变了。在这里，这样的善男信女当然也不会绝迹。在墙壁上题名刻名到处可见，这些题刻都很清晰，仿佛是昨天才弄的。但一读其文，却是康熙某年，雍正某年，乾隆某年，已经是几百年以前的事了。当我第一次看到的时候，我不禁一愣：难道我又回到康熙年间去了吗？如此看来，那个国籍有点问题的孙悟空不能专"美"于前了。

我们就在这样一个仿佛远离尘世、弥漫着古代和异域气氛的沙漠中的绿洲中生活了六天。天天忙于到洞子里去观看。天天脑海里塞满了五光十色、丰富多彩的印象，塞得是这样满，似乎连透气的空隙都没有。我虽局促于斗室之中，却神驰于万里之外；虽局限于眼前的时刻之内，却恍若回到千年之前。浮想联翩，幻影沓来，是我生平思想最活跃的几天。我曾想到，当年的艺术家们在这样阴暗的洞子里画画，是要付出多么大的精力啊！我从前读过一部什么书，大概是美术史之类的书，说是有一个意大利画家，在一个大教堂内圆顶天篷上画画，因为眼睛总要往上翻，画了几年之后，眼球总往上翻，再也落不下来了。我们敦煌的千佛洞比意大利大教堂一定要黑暗得多，也要狭小得多，今天打着手电，看洞子里的壁画，特别是天篷上藻井上的画，线条纤细，着色繁复，看起来还感到困难，当年艺术家画的时候，不知道有多少困难要克服。周围是茫茫的沙碛，夏天酷暑，而冬天严寒，除了身边的一点浓绿之外，放眼百里惨黄无垠。一直到今天，饮用的水还要从几十里路外运来，当年的情况更可想而知。在洞子里工作，他们大概只能躺在架在空中的木板上，仰面手执小蜡烛，一笔一笔地细描细画。前不见古人，我无法见到那些艺术家了。我不知道他们的眼睛是否也翻上去再也不能下来。我不知道是一种什么力量在支撑着他们，在那样艰苦的条件下给我们留下了这样优美的杰作，惊人的艺术瑰宝。我们真应该向这些艺术家们致敬啊！

　　我曾想到，当年中国境内的各个民族在这一带共同劳动，共同生活。有的赶着羊群、牛群、马群，逐水草而居，辗转于千里大漠之中；有的在沙漠中一小块有水的土地上辛勤耕耘，努力劳作。在这里，水就是生命，水就是幸福，水就是希望，水就是一切，有水斯有土，有土斯有禾，有禾斯有人。在这样的环境中，只有互相帮助，才能共同生存。在许多洞子里的壁画上，只要有人群的地方，从人们的面貌和衣着上就可以看到这些人是属于种种不同的民族的。但是他们却站在一起，共同从事什么工作。我认为，连开凿这些洞的窟主，以及画壁画的艺术家都决不会出于一个民族。这些人今天当然都已经不在了。人们的生存是暂时的，民族之间的友爱是长久的。这一个简明朴素的真理，一部中国历史就可以提供证明。我们生活在现代，一旦到了敦煌，就又仿佛回到了古代。民族友爱是人心所向，古今之所同。看了这里的壁画，内心里真不禁涌起一股温暖幸福之感了。

我又曾想到，在这些洞子里的壁画上，我们不但可以看到中国境内各个民族的人民，而且可以看到沿丝绸之路的各国的人民，甚至离丝绸之路很远的一些国家的人民。比如我在上面讲到如来佛涅槃以后，许多人站在那里悲悼痛苦，这些人有的是深目高鼻，有的是颧骨高而眼睛小，他们的衣着也完全不同。艺术家可能是有意地表现不同的人民的。当年的新疆、甘肃一带，从茫昧的远古起，就是世界各大民族汇合的地方。世界几大文明古国，中国、印度、希腊的文化在这里汇流了。世界几大宗教，佛教、伊斯兰教、基督教在这里汇流了。世界的许多语言，不管是属于印欧语系，还是属于其他语系也在这里汇流了。世界上许多国家的文学、艺术、音乐，也在这里汇流了。至于商品和其他动物植物的汇流更是不在话下。所有这一切都在洞子里留下了不可磨灭的痕迹。遥想当年丝绸之路全盛时代，在绵延数万里的路上，一定是行人不断，驼、马不绝。宗教信徒、外交使节、逐利商人、求知学子，各有所求，往来奔波，绝大漠，越流沙，轻万生以涉葱河，重一言而之奈苑，虽不能达到摩肩接踵的程度，但盛况可以想见。到了今天，情势改变了，大大地改变了。出现在我们眼前的是流沙漫漫，黄尘滚滚，当年的名城——瓜州、玉门、高昌、交河，早已沦为废墟，只留下一些断壁颓垣，孤立于西风残照中，给怀古的人增添无数的诗料。但是丝路虽断，他路代兴，佛光虽减，人光有加，还留下像敦煌莫高窟这样的艺术瑰宝，无数的艺术家用难以想象的辛勤劳动给我们后人留下这么多的壁画、雕塑，供我们流连探讨，使世界各国人民惊叹不置。抚今追昔，我真感到无比的幸福与骄傲，我不禁发思古之幽情，觉今是昨亦是，感光荣于既往，望继承于来者，心潮起伏，感慨万端了。

薄暮时分，带着那些印象，那些幻想，怀着那些感触，一个人走出了招待所去散步。我走在林荫道上，此时薄霭已降，暮色四垂。朱红的大柱子，牌楼顶上碧色的琉璃瓦，都在熠熠地闪着微光。远处沙碛没入一片迷茫中，少时月出于东山之上，清光洒遍了山头、树丛，一片银灰色。我的周围一片寂静。白天里在古榆的下面还零零落落地坐着一些游人，现在却空无一人。只有小溪中潺湲的流水间或把这寂静打破。我的心蓦地静了下来，仿佛宇宙间只有我一个人。我的幻想又在另一个方面活跃起来。我想到洞子里的佛爷白天在闭着眼睛睡觉，现在大概睁开了眼睛，连涅槃了的如来也会站了起来。那许多商人、官人、菩萨、壮汉，白天一动不动地站在墙壁上，任人指指点点，品头论足。现在大概也走下墙壁，在洞子里活动起来了。那许多奏乐的乐工吹奏起乐器，舞蹈者、演杂技者，也都摆开了场地，表演起来。天上的飞天当然更会翩翩起舞，洞子里乐声悠扬，花雨缤纷。可惜我此时无法走进洞子，参加他们的大合唱。只有站在黑暗中望眼欲穿，倾耳聆听而已。

在寂静中，我又忽然想到在敦煌创业的常书鸿同志和他的爱人李承仙同志，以及其他几十位工作人员。他们在这偏僻的沙漠里，忍饥寒，斗流沙，艰苦奋斗，十几年，几十年，为祖国，为人民立下了功勋，为世界上爱好艺术的人们创造了条件。敦煌学在世界上不是已经成为一门热门学科了吗？我曾到书鸿同志家里去过几趟。那低矮的小房，既是办公室、工作室、图书室，又是卧室、厨房兼餐厅。在新中国成立了三十年后的今天，生活条件尚且如此之不够理想，谁能想象在新中国成立前那样黑暗的时代，这里艰难辛苦会达到何等程度呢？门前那院子里有一棵梨树。承仙同志告诉我，他们在将近四十年前初到的时候，这棵梨树才一点点粗，而今已经长成了一棵粗壮的大树，枝叶茂密，青翠如碧琉璃，枝上果实累累，硕大无比。看来正是青春妙龄，风华正茂。然而看着它长起来的人却垂垂老矣。四十年的日日夜夜在他们身上不可避免地会留下痕迹。然而，他们却老当益壮，并不服老，仍然是日夜辛勤劳动。这样的人难道不让我们每个人都油然升起敬佩之情吗？

我还看到另外一个人的影子，在合抱的老榆树下，在如茵的绿草丛中，在没入暮色的大道上，在潺潺流水的小河旁。它似乎向我招手，向我微笑，"翩若惊鸿，婉若游龙；荣曜秋菊，华茂春松"。这影子真是可爱极了，我是多么急切地想捉住它啊！然而它一转瞬就不见了。一切都只是幻影，剩下的似乎只有宇宙和我自己。

剩下我自己怎么办呢？我真是进退两难，左右拮据。在敦煌，在千佛洞，我就是看一千遍一万遍也不会餍足的。有那样桃源仙境似的风光，有那样奇妙的壁画，有那样可敬的人，又有这样可爱的影子。从内心深处我真想长期留在这里，永远留在这里。真好像在茫茫的人世间奔波了六十多年才最后找到了一个归宿。然而这样做能行得通吗？事实上却是办不到的，我必须离开这里。在人生中，我的旅途远远不到结束的时候，我还不能停留在一个地方。在我前面，可能还有深林、大泽、崇山、幽谷，有阳关大道，有独木小桥。我必须走上前去，穿越这一切。现在就让我把自己的身躯带走，把心留在敦煌吧。

1979 年 10 月 9 日初稿

1980 年 3 月 3 日定稿

# 大觉寺

　　我为什么对大觉寺情有独钟呢？这问题提得很自然，但又显得颇为突兀。我似乎能答复，又似乎还不能。

　　将近七十年前，当我在清华园读书的时候，北京的古寺名刹，我都是知道的，什么潭柘寺、戒台寺、碧云寺、卧佛寺等，我都清楚。当时既无公共汽车，连自行车都极少见，我曾同一些伙伴"细雨骑驴登香山"。雨中山青水秀，除了密林深处间或有小鸟的啁啾声外，几乎是万籁俱寂。我决非像陆放翁那样的诗人，但是，此时此地心中却溢满了诗意。"此中有真意，欲辨已忘言"，实不足为外人道也。

　　可是，大觉寺这个古刹，我却是没有听说过的。它对我完全是陌生的。原因大概是，这一座千年古刹在当时已经凋零颓败，再没有参观旅游的价值，被人们弃若敝屣了。

　　时间一下子跳过了五十年，我已届古稀之年，可以说是一个地地道道的老人了，可是我偏一点老的感觉都没有，有时候还会忽发少年狂。此时，大觉寺已经名传遐迩，那一棵有三百年树龄的"玉兰之王"就生长在大觉寺中，每年春天花发时总会吸引众多的游人前去观赏。

20世纪80年代初的一个春天，听说"玉兰之王"正在繁花怒放，我于是同大泓和二泓骑自行车，长驱三四十公里，到大觉寺去随喜。走在半路上，想停车休息一会儿，我的双腿已经麻木，几乎下不了车。幸亏了有两个孩子的扶掖，才勉强再登上了车，鼓起余勇，一鼓作气，终于到达了大觉寺。

人们，其中包括一些学者，常说：第一个印象是最准确、最清晰，因而也就是最符合实际情况、最可靠的印象。我对大觉寺的第一个印象怎样呢？山门虽不新，但也没有给人以寥落颓败之感，想必是在过去五十年中修缮过一次，所以才有现在这个情况。这一天来的人多如过江之鲫，到处人声喧阗，古寺的沉寂完全被打破。好不容易挤进了寺门，只见殿阁庄严，花木葳蕤。丁香、藤萝已经开过，只剩下绿叶肥大。最引人注目的是那几棵千年古松柏，树身如苍龙盘曲，尖顶直刺入蔚蓝的晴空，使人看了，精神立刻为之一振。我们先看了北玉兰院的几棵玉兰，花开得正茂密。最后转到南玉兰院，看那一棵"玉兰之王"。躯干极粗，但是主干已锯掉，只剩下旁枝，至少已有上百年的历史；但是比起三百余年的主干，仍然如小巫见大巫。此时玉兰花正在怒放，花开得茂密压枝。与之相对的是一棵树龄比较小一点的紫玉兰。两棵树一白一紫，相映成趣。大地的无限活力仿佛都随着花朵喷涌出来。无论谁看了，都会感到生命力的无穷无尽；都会感到人间的可爱，人间净土就在眼前；都会油然产生凌云的壮志。我们也都兴会淋漓，又走上后山，看了水泉。然后出寺野餐，又骑上自行车，回到了燕园，留下了终生难忘的记忆。

时间又一下子跳了将近二十年。我已经到了望九之年，垂垂老矣。两年前，我忽然接到一份请柬，要我到大觉寺去为明慧茶院开院典礼剪彩。这使我有点惊愕：大觉寺怎么会同什么明慧茶院联系到一起呢？我准时去了，这是我第三次进大觉寺。此时此地，如果在江南正是"杂花生树，群莺乱飞"的季节，现在这里却只有杂花，而无群莺。寺内外已加修缮，特别是从南玉兰院一直到后面上面水泉楼一路几层院落，修饰得美轮美奂，金碧辉煌，雕梁画栋，熠熠闪光。简直是换了人间，今非昔比了。可惜丁香、玉兰已经开过花，只有那一架古藤萝仍然是繁花满枝，引得蜜蜂团团飞舞。

明慧茶院是怎么一回事呢？原来是北大中文系毕业生欧阳旭先生弃学从商，用现在的话来说就是"下了海"。欧阳英年岐嶷，经营有方，过了没有多久，经营就有可观的规模。但他毕竟是文化人，发财不忘文化。在众多经营之余，在海淀创办了国林风书店，其规模之大，可与风入松书店并驾齐驱。其藏书之精，又与万圣、风入松鼎足而三，为首都文化中心海淀增一异彩。据欧阳旭亲口告诉我，几年前，他同几个伙伴秋游，到了傍晚，在西山乱山丛中迷了路。"黄昏到寺蝙蝠飞"，他们碰巧走进了一座古寺，回不了城，就借住在那里。这就是大觉寺。夜里，他同管理寺庙的人剪烛夜话，偶然心血来潮，想在这座幽静僻远的古刹中创办点什么。三谈两谈，竟然谈妥，于是就出现了明慧茶院。难道这不就是佛家所说的因缘、俗语所说的机遇、哲学家所说的偶然性吗？

可是我心中有一个谜，至今仍处在解决与未解决之间。在宝刹大觉寺中可以兴办的事业是很多很多的，为什么欧阳旭独独钟情于茶呢？中国是茶的原产地，茶文化是中华文化不可分割的一个组成部分，中国饮茶的历史至少已有一两千年，而且茶文化传遍了世界，在日本独为繁荣，形成了闻名世界的日本茶道，也是日本文化不可分割的一部分。在欧洲，最著名的饮茶国家，喝的是红茶，在北非和中东，阿拉伯国家也喜欢饮茶，喝的是龙井，是绿茶。根据最近的世界饮料新动向，茶叶大有取代咖啡和可可之势，行将见中国的茶文化传遍世界，为人类造福，为中华添彩，发扬光大之日，就在眼前了。

谈到饮茶，必须有两个绝不可缺少的条件：一个是茶，一个是水。北方不产茶，至少是北京不能产茶，这是天意，谁也无力回天。至于水，北京是有的。但是山中有水，在北方实如凤毛麟角。有水斯有寺，有寺斯有名，这是北京独特的规律。山泉与普通河水迥乎不同，它来自高山深处，毫无污染，而且还含有许多对人体有益的微量元素，入口甘甜，如饮醍醐。再加上名茶一泡，天造地设。相得益彰。大觉寺就以泉水著称，一千余年前的辽代之所以在这里建寺，主要就是这里有甘泉。不管天多么旱，泉水总是从寺后最高处潺潺流出，永不衰竭。这是一个极为难得的条件。甘泉再佐以佳茗，则二美具矣。这个好像摆在眼前现成的想法，为什么别人就从未想到过，只有等到 20 世纪末来了一个年轻小伙子欧阳旭才想到了，而且立即付诸实施建立了明慧茶院呢？这里面难道还有什么十分深奥难测的奥义吗？

　　不管怎样，明慧茶院建立起来了。开幕的那一天，虽然没有能看到玉兰开花，但是，到的名人颇为不少，学术界和艺术界的一些著名人物，如欧阳中石、范曾等，都光临了。大家在憩云轩观赏禅茶表演。几个被派到南方专门学习禅茶表演的年轻女孩子，在挂在门上的绣有一个大大的"禅"字的帷幕前，在一张精心布置的桌子上，认真地表演茶艺，伴奏的是佛乐，庄严肃穆，乐声低沉而清越。唐明皇当年听到了仙乐，"骊宫高处入青云，仙乐轻飘处处闻"。此时我们听到的是佛乐，乐声回荡在憩云轩前苍松翠柏之间，回荡到下面"玉兰之王"所住的明德轩小院中，回荡到上面山泉流出处的楼阁间，佛乐弥漫了整个大觉寺，仿佛这里就是人间净土，地上桃源。我因为坐在第一张桌子旁，得天独厚，得以喝到第一杯禅茶，味道确同平常的不同，其余的嘉宾也都听了佛乐，喝了名茶，大家颇有点流连忘返之意。

　　从此北京西山增添了一个景点。

　　而我心中则增添了一个亮点。

　　我有时候无缘无故地就想到大觉寺，神驰那里的苍松翠柏、玉兰、藤萝。第二年，正当玉兰花开花的时候，我急不可待地第四次到了大觉寺。那时许多棵玉兰都在奋勇怒放。那一棵"玉兰之王"开得更是邪乎，满树繁花，累累垂垂，把树干树枝完全盖满，只见白花，不见青枝，全树几千朵花仿佛开成了一朵硕大无朋的白色大花，照亮了明德轩小院，照亮了整个大觉寺，照亮了宇宙。逼得旁边那一棵有名的鼠李寄柏干瘪无光。连同"玉兰之王"对生的那一棵紫玉兰也失去了光彩。我失去了描绘的能力，思想和语言都一样，嘴里只能连声赞叹：奈何！奈何！

过了不过个把月，我又一次来到了大觉寺，这次同来的有侯仁之、汤一介、乐黛云、李玉洁等人，我们第一次在这里过夜。侯仁之和我两个老头儿，被欧阳旭安排在明德轩所谓"总统套房"中。既曰"总统"，必然华贵。我是个上不得台盘的人，平生不想追求华贵。我曾在印度总统府里住过。在一间像篮球场那样大的房间里，一个卧榻端端正正摆在正中央。我躺在上面，四顾茫然，宛如孤舟大洋，海天渺茫，我一夜没有睡着。今天又要住总统套房，心里真有点嘀咕。此时玉兰已经绿叶满枝，不见花影，而对面的一棵太平花则正在疯狂怒放，照得满院生辉。晚饭后，我们几个人围坐在太平花下，上天下地，闲聊一番。寂静的古寺更加寂静，仿佛宇宙间只有我们几个人遗世而独立，身心愉快，毕生所无。走进总统套房，居然一夜酣睡，真如羲皇上人矣。

第二天，我照例四点起床，走出明德轩。此时晨曦未露，夜气犹存，微风不起，松涛无声。太平花似乎还没有睡醒，"玉兰之王"的绿叶也在凝定不动。古寺中一片寂静。只有屋脊上狂窜乱跳的小松鼠，跑来跑去，络绎不绝，令人感到宇宙还在活着，并未寂灭。我一个人独立中庭，享受了生平第一个恬谧甜蜜的早晨，让我永世难忘。

从此以后，我心中的那个亮点更加明亮了。我常常想到大觉寺，只要有机会，我就到大觉寺来。能够谈得来的一些朋友，我也想方设法请他们到大觉寺来品茗，最好是能住上一夜，领略一下这一座古寺的静夜幽趣。连不远千里从台湾而来的台湾大学图书馆馆长林光美女士，尽管是戎马倥偬，南北奔波，我也请她到大觉寺来住了一夜。她是品茗专家，是内行，她对大觉寺泉水和名茶的赞扬，其意义应该说是与众不同的，现在她已经回到了台北，我相信，她带回去的一定是对大觉寺美好的回忆。

至于我自己为什么这样向往大觉寺呢？这要从我目前的生活情况谈起。近几年来，不知道是从哪里来的一片虚名，套在了我的头上，成了一圈光环，给我招惹来了剪不断理还乱的麻烦。这个会长，那个主编，这个顾问，那个理事，纷至沓来，究竟有多少这样的纸冠，我自己实在无法弄清，恐怕只有上帝知道了。我成了采访的对象，这个电台，那个电视台，这家报纸，那家杂志，又是采访录像，又是电话采访。一遇到什么庆典或什么纪念，我就成了药方中的甘草，万不能缺。还有无穷无尽的会议，个个都自称意义重大，非参加不行。每天下午，我就成了专家门诊的专家，客厅里招待一拨客人，另外一拨或多拨候诊者只好在别的屋里等候。采访者照相成了应有之义。作道具照相，我已习惯；但是，照相者几乎每次必高呼："笑一笑！"试问我一肚乱絮般的思绪，我能笑得起来吗？即使勉强一笑，脸上成什么模样，我自己是连想都不敢想的。校系两级领导，关心我的健康，在我门上贴上了谢绝会客的通知。然而知书识字的来访者却熟视无睹，依然想方设法闯进门来。听说北京某大学某一位名人，大概遇到了同我一样的遭遇，自己在门上大书：某某死了！但是，死了也不行，他们仍然闯进门来，要向遗体告别。

"文革"期间，我忽发牛劲，以卵击石，要同北大那位"老佛爷"决斗，结果全军覆没，被抄家，被批斗，被关进牛棚，好不容易捡回来了一条小命，却成了"不可接触者"。几年之内，我没接到一封来信，没有一个客人。走在校内，没有哪个人敢同我说上一句话。我自己知趣，凡上路，必茫然向前看，决不左顾右盼，也决不敢踩别人的影子，以免把灾殃传给别人。你说，这样心里能痛快吗？当然不能。有时候我一个人困居斗室，感前途之无望，悲未来之渺茫，只觉得凄凉，孤独，寂寞，无助，此中滋味，非同病者实难相怜也。

然而，物换斗移，时异世迁，我从一个"不可接触者"一变而为"极可接触者"，宛如从十八层地狱一下子跃上三十三天。最初有一阵喜悦，自是人之常情。然而，时隔不久，这喜悦就逐渐淡漠下来，代之而起的是无名的苦恼。"千秋万岁名，寂寞身后事"，我不想争名。我的收入足以维持我那水平不高的生活，我不想夺利。我现在要求最迫切的是还我清静。"不可接触者"是最容易得到清静的。他年于无意中得之的"不可接触者"的地位，如今却是可望而不可即了。

我现在希望得到的是一片人间净土，一个世外桃源。万没想到，我又于无意中得到了净土和桃源，这就是欧阳旭在大觉寺创办的明慧茶院。我每次从燕园驱车往大觉寺来，胸中的烦躁都与车行的距离适成反比，距离愈拉长，我的烦躁愈减少，等到一进大觉寺的山门，我的烦躁情绪一扫而光，四大皆空了。在这里，我看到了我的苍松、翠柏、丁香、藤萝、梨花、紫荆，特别是我的玉兰和太平花，它们好像都对我合十致敬。还有屋脊上蹿跳的小松鼠，也好像对我微笑。我想到我前不久写的那一副对联：

　　屋脊狂窜小松鼠

　　满院开满太平花

不禁心旷神怡，虽古代桃花源中人，也不得不羡慕我了。

大概从人类有了较大的城市之日起，城市就与大自然形成了对立面，形成了鲜明的对照。连一千多年前的陶渊明都曾高唱："久在樊笼里，复得返自然。"欢悦之情，跃然纸上。清代末年，德国汉学家福兰阁任德国驻清朝的外交官，经常"上山"。我从他儿子傅吾康嘴里经常听到"上山"这个词儿。上哪个山呢？我从来没有问过，反正他每次来北京，总有一半时间"上山"。最近我才知道，他们父子俩上的山就是大觉寺，德国人毕竟是热爱自然的民族。到了今天，城市越来越大，越来越热闹，红尘万丈，喧嚣无度，虽然不能每个人都有像我那样的烦躁，但烦躁总会有的，只不过程度高低不同而已。大家都会渴望拥抱大自然，都在不同程度上想找一个人间净土，世外桃源。可每一个并不能都找得到，这不能不说是一件憾事。

　　我是有福的，我找到了大觉寺明慧茶院，而且帮助我的朋友们认识这是一块人间净土，世外桃源，我的朋友们也都有福了。

　　我心中的那一个亮点将会愈来愈亮，愈亮。

1999 年 5 月 22 日

# 山中逸趣

置身饥饿地狱中，上面又有建造地狱时还不可能有的飞机的轰炸，我的日子比地狱中的饿鬼还要苦上十倍。

然而，打一个比喻说，在英雄交响乐的激昂慷慨的乐声中，也不缺少像莫扎特《小夜曲》似的情景。

哥廷根的山林就是小夜曲。

哥廷根的山不是怪石嶙峋的高山，这里土多于石，但是确又有山的气势。山顶上的俾斯麦塔高踞群山之巅，在云雾升腾时，在乱云中露出的塔顶，望之也颇有蓬莱仙山之概。

最引人入胜的不是山，而是林。这一片丛林究竟有多大，我住了十年也没能弄清楚，反正走几个小时也走不到尽头。林中主要是白杨和橡树，在中国常见的柳树、榆树、槐树等，似乎没有见过。更引人入胜的是林中的草地。德国冬天不冷，草几乎是全年碧绿。冬天雪很多，在白雪覆盖下，青草也没有睡觉，只要把上面的雪一扒拉，青翠欲滴的草立即显露出来。每到冬春之交时，有白色的小花，德国人管它叫"雪钟儿"，破雪而出，成为报春的象征。再过不久，春天就真的来到了大地上，林中到处开满了繁花，一片锦绣世界了。

到了夏天，雨季来临，哥廷根的雨非常多，从来没听说有什么旱情。本来已经碧绿的草和树本，现在被雨水一浇，更显得浓翠逼人。整个山林，连同其中的草地，都绿成一片，绿色仿佛塞满了寰中，涂满了天地，到处是绿，绿，绿，其他的颜色仿佛一下子都消逝了。雨中的山林，更别有一番风味。连绵不断的雨丝，同浓绿织在一起，形成一张神奇、迷茫的大网。我就常常孤身一人，不带什么伞，也不穿什么雨衣，在这一张覆盖天地的大网中，踽踽独行。除了周围的树木和脚底下的青草以外，仿佛什么东西都没有，我颇有佛祖释迦牟尼的感觉，"天上天下，唯我独尊"了。

一转入秋天，就到了哥廷根山林最美的季节。我曾在《忆章用》一文中描绘过哥城的秋色，受到了朋友的称赞，我索性抄在这里：

　　哥廷根的秋天是美的，美到神秘的境地，令人说不出，也根本想不到去说。有谁见过未来派的画没有？这小城东面的一片山林在秋天就是一幅未来派的画。你抬眼就看到一片耀眼的绚烂。只说黄色，就数不清有多少等级，从淡黄一直到接近棕色的深黄，参差地抹在一片秋林的梢上，里面杂了冬青树的浓绿，这里那里还点缀上一星星鲜红，给这惨淡的秋色涂上一片凄艳。

我想，看到上面这一段描绘，哥城的秋山景色就历历如在目前了。

一到冬天，山林经常为大雪所覆盖。由于温度不低，所以覆盖不会太久就融化了；又由于经常下雪，所以总是有雪覆盖着。上面的山林，一部分依然是绿的；雪下面的小草也仍旧碧绿。上下都有生命在运行着。哥廷根城的生命活力似乎从来没有停息过，即使是在冬天，情况也依然如此。等到冬天一转入春天，生命活力没有什么覆盖了，于是彰明昭著地腾跃于天地之间了。

哥廷根四时的情景就是这个样子。

从我来到哥城的第一天起，我就爱上了这山林。等到我堕入饥饿地狱，等到天上的飞机时时刻刻在散布死亡时，只要我一进入这山林，立刻在心中涌起一种安全感。山林确实不能把我的肚皮填饱，但是在饥饿时安全感又特别可贵。山林本身不懂什么饥饿，更用不着什么安全感。当全城人民饥肠辘辘，在英国飞机下心里忐忑不安的时候，山林却依旧郁郁葱葱，"依旧烟笼十里堤"。我真爱这样的山林，这里真成了我的世外桃源了。

我不知道有多少次，一个人到山林里来；也不知道有多少次，同中国留学生或德国朋友一起到山林里来。在我记忆中最难忘记的一次畅游，是同张维和陆士嘉在一起的。这一天，我们的兴致都特别高。我们边走，边谈，边玩，真正是忘路之远近。我们走呀，走呀，已经走到了我们往常走到的最远的界限，但在不知不觉之间就走越了过去，仍然一往直前。越走林越深，根本不见任何游人。路上的青苔越来越厚，是人迹少到的地方。周围一片寂静，只有我们的谈笑声在林中回荡，悠扬，遥远。远处在林深处听到柏叶上有窸窣的声音，抬眼一看，是几只受了惊的梅花鹿，瞪大了两只眼睛，看了我们一会儿，立即一溜烟似的逃到林子的更深处去了。我们最后走到了一个悬崖上，下临深谷，深谷的那一边仍然是无边无际的树林。我们无法走下去，也不想走下去，这里就是我们的天涯海角了。回头走的路上，遇到了雨。躲在大树下，避了一会儿雨。然而雨越下越大，我们只好再往前跑。出我们意料之外，竟然找到了一座木头凉亭，真是避雨的好地方。里面已经先坐着一个德国人。打了一声招呼，我们也就坐下，同是深林躲雨人，相逢何必曾相识。我们没有通名报姓，就上天下地地胡谈一通，宛如故友相逢了。

这一次畅游始终留在我的记忆里，至今难忘。山中逸趣，当然不止这一桩。大大小小，琐琐碎碎的事情，还可以写出一大堆来。我现在一律免掉。我写这些东西的目的，是想说明，就是在那种极其困难的环境中，人生乐趣仍然是有的。在任何情况下，人生也决不会只有痛苦，这就是我悟出的禅机。

# 飞越珠穆朗玛峰

我们的专机从北京起飞，云天万里，浩浩茫茫，大约三个多小时以后，机上的服务人员说，下面是西藏的拉萨。我们赶快转向机窗，瞪大了眼睛向下看：雪峰林立，有如大海怒涛，在看上去是一个小山沟沟里，错错落落，有几处房舍，有名的布达拉宫，白白的一片，清清楚楚地映入我们的眼帘。

一转瞬间，下面的景象完全变了。雅鲁藏布江像一条深绿色的带子蜿蜒于万山丛中。中国古代谢朓的诗说"澄江净如练"。我们现在看到的却不是一条白练，而是一条绿玉带。

又过了不久，机上的服务人员又告诉我们说，下面是珠穆朗玛峰。我们又赶快凭窗向下张望。但是万山耸立，各个都戴着一顶雪白的帽子，都是千古雪峰，太阳照在上面，发出刺眼的白光，真可以说是宇宙奇观。可是究竟哪一个是珠峰呢？机组人员中形成了两个"学派"：一个是机右说，一个是机左说。我们都是外行，听起来，公说公有理，婆说婆有理，也没有法子请出一个权威来加以评断。难道能请珠峰天女自己来向我们举手报告吗？

此时一秒值千金，我无暇来参加两个学派的研讨，我费上最大的力量，把眼睛瞪大到最大可能的限度，下望万峰千岭。有时候我觉得这一座山峰像是珠峰，但是一转瞬间，另一座雪峰突兀峥嵘，同我想象中的珠峰相似。我似乎看到了峰顶插着的五星红旗在迎风招展，给皑皑的白雪涂上了胭脂似的鲜红。我顾而乐之，陶醉在自己的想象中。

　　但是飞机只是不停地飞，下面的山峦也在不停地变换，我脑海里的想法也跟着不停地变化。说时迟，那时快，飞机已经飞越雪峰的海洋。我没有别的办法，只有这样来安慰自己：不管哪一座雪峰是珠峰，既然我望眼欲穿地看了那么多的山峰，其中必有一个是真正的珠峰，我总算看到这个大千奇迹世界的最高峰了。我心里感到安慰，感到高兴。这种感觉一直陪伴我到了尼泊尔的首都加德满都。

　　　　　1986 年 11 月 25 日凌晨于加德满都苏尔提宾馆

# 漫谈伦理道德

　　现在，以德治国的口号已经响彻祖国大地。大家都认为，这个口号提得正确，提得及时，提得响亮，提得明白。但是，什么叫"德"呢？根据我的观察，笼统言之，大家都理解得差不多。如果仔细一追究，则恐怕是人言人殊了。

　　我不揣谫陋，想对"德"字进一新解。

　　但是，我既不是伦理学家，对哲学家们那些冗见别扭的分析阐释又不感兴趣，我只能用自己惯常用的野狐参禅的方法来谈这个问题。既称野狐，必有其不足之处；但同时也必有其优越之处，它没有教条，不见框框，宛如天马行空，驰骋自如，兴之所至，灵气自生，谈言微中，搔着痒处，恐亦难免。坊间伦理学书籍为数必多，我一不购买，二不借阅，唯恐读了以后"污染"了自己观点。

　　近若干年以来，我一直在考虑一个问题。人生一世，必须处理好三个关系：第一，人与大自然的关系，也就是天人关系；第二，人与人的关系，也就是社会关系；第三，个人身、口、意中正确与错误的关系，也就是修身问题。这三个关系紧密联系，互为因果，缺一不可。这些说法也许有人认为太空洞，太玄妙。我看有必要分别加以具体的说明。

首先，谈人与大自然的关系。在人类成为人类之前，他们是大自然的一个不可或缺的组成部分。等到成为人类之后，就同自然闹起独立来，把自己放在自然的对立面上。尤有甚者，特别是在西方，自从产业革命以后，通过所谓发明创造，从大自然中得到了一些甜头，于是遂诛求无厌，最终提出了"征服自然"的口号。他们忘记了一个基本事实，人类的衣、食、住、行的所有资料都必须取自大自然。大自然不会说话，"天何言哉！"但是却能报复。恩格斯说过：

我们不能过分陶醉于我们对自然界的胜利，对于每一次这样的胜利，自然界都报复了我们。

在一百多年以前，大自然的报复还不十分明显，恩格斯竟能说出这样准确无误又含义深远的话，真不愧是马克思主义伟大的奠基人之一！到了今天，大自然的报复已经十分明显，十分触目惊心，举凡臭氧出洞，温室效应，全球变暖，淡水短缺，生态失衡，物种灭绝，人口爆炸，资源匮乏，新疾病产生，环境污染，如此等等，不胜枚举。其中哪一项如果得不到控制，都能影响人类的生存前途。到了这种危急关头，世界上一些有识之士才幡然醒悟，开了一些会，采取了一些措施。世界上一些国家的领导人也知道要注意环保问题了，这都是好事。但是，根据我个人的看法，还是不够的。我们必须努力发出狮子吼，对全世界发聋振聩。

其次，我想谈一谈人与人的关系。自从人成为人以后，就逐渐形成了一些群体，也就是我们现在称之为社会的组织。这些群体形形色色，组织形式不同，组织原则也不同，但其为群体则一也。人与人之间，有时候利益一致，有时候也难免产生矛盾。举一个极其简单的例子，比如讲民主，讲自由，都不能说是坏东西，但又都必须加以限制。就拿大城市交通来说吧，绝对的自由是行不通的，必须有红绿灯，这就是限制。如果没有这个限制，大城市一天也存在不下去。这里撞车，那里撞人，弄得人人自危，不敢出门，社会活动会完全停止，这还能算是一个社会吗？这只是一个小例子，类似的大小例子还能举出一大堆来。因此，我们必须强调要处理好社会关系。

最后，我要谈一谈个人修身问题。一个人，对大自然来讲，是它的对立面；对社会来讲，是它的最基本的组成部分，是它的细胞。因此，在宇宙间，在社会上，一个人所处的地位是十分关键的。一个人的思想、语言和行动方向的正确或错误是有重要意义的。一个人进行修身的重要性也就昭然可见了。

写到这里，也许有人要问：你不是谈伦理道德问题吗，怎么跑野马跑到正确处理三个关系上去了？我敬谨答曰：我谈正确处理三个关系，正是谈伦理道德问题。因为，三个关系处理得好，人类才能顺利发展，社会才能阔步前进，个人生活才能快乐幸福。这是最高的道德，其余那些无数的烦琐的道德教条都是从属于这个最高道德标准的。这个道理，即使是粗粗一想，也是不难明白的。如果这三个关系处理不好，就要根据"不好"的程度而定为道德上有缺乏、不道德或"缺德"，严重的"不好"，就是犯罪。这个道理也是容易理解的。

全世界都承认，中国是伦理道德的理论和实践最发达的国家。中国伦理道德的基础是先秦时期儒家打下的，在其后发展的过程中，又掺杂进来了一些道家思想和佛家思想，终于形成了现在这样一个伦理体系，仍在支配着我们的社会行动。这个体系貌似清楚，实则是一个颇为模糊的体系。三教信条你中有我、我中有你，绝不是泾渭分明的。但仍以儒家为主，则是可以肯定的。

儒家的伦理体系在先秦初打基础时可以孔子和孟子为代表。孔子学说的中心，也可以说是伦理思想的中心，是一个"仁"字。这个说法已为学术界比较普遍地接受。孟子学说的中心，也可以说是伦理思想的中心，是"仁""义"二字。对此，学术界没有异词。先秦其他儒家的学说，我们不一一论列了。至于先秦以后几千年儒家学者伦理道德的思想，我在这里也不一一论列了。一言以蔽之，他们基本上沿用孔孟的学说，间或有所增益或有新的解释，这是事物发展的必然规律，不足为怪。不这样，反而会是不可思议的。

多少年来，我个人就有个想法。我觉得，儒家伦理道德学说的重点不在理论而在实践。先秦儒家已经安排好了的：格物、致知、诚意、正心、修身、齐家、治国、平天下，是大家所熟悉的。

这样的安排极有层次，煞费苦心，然而一点理论的色彩都没有。也许有人会说，人家在这里本来就不想讲理论而只想讲实践的。我们即使承认这一句话是对的，但是，什么是仁？什么是义？这在理论上总应该有点交代吧，然而，提到仁义的地方虽多，也只能说是模糊语言，读者或听者并不能得到一点清晰的概念。

秦代以后，到了唐代，以儒家道统传承人自命的大儒韩愈，对伦理道德的理论问题也并没有说清楚。他那一篇著名的文章《原道》一开头就说：

博爱之谓仁，行而宜之之谓义，由是而之焉之谓道，足乎己无待于外之谓德。

句子读起来铿锵有力，然而他想什么呢？他只有对"仁"字下了一个"博"爱的定义，而这个定义也是极不深刻的。此外几乎全是空话。"行而宜之"的"宜"意思是"适宜"，什么是"适宜"呢？这等于没有说。"由是而之焉"的"之"字，意思是"走"。"道"是人走的道路，这又等于白说。至于"德"字，解释又是根据汉儒那一套"德者得也"，说了仍然是让人莫名其妙。至于其他朝代的其他儒家学者，对仁义道德的解释更是五花八门，莫衷一是。我不是伦理学者，现在也不是在写中国伦理学史，恕我不再一一列举了。

我在上面极其概括地讲了从先秦一直到韩愈儒家关于仁义道德的看法。现在，我忽然想到，我必须做一点必要的补充。我既然认为，处理好天人关系在道德范畴内居首要地位，就必须探讨一下，中国古代对于这个问题是怎样看的。换句话说，我必须探讨一下先秦时代一些有代表性的哲学家对天、地、自然等概念是怎样界定的。

首先谈天，一些中国哲学史家认为，在春秋末期哲学家们争论的主要问题之一是，天是否是有人格、有意志的神？这些哲学家大体上可以分为两个阵营：一个阵营主张不是，他们认为天是物质性的东西，就是我们头顶的天。这可以老子为代表。汉代《说文解字》的："天，颠也，至高无上。"可以归入此类。另一个阵营的主张是，他们认为天就是上帝，能决定人类的命运，决定个人的命运。这可以孔子为代表。有一些中国哲学史袭用从苏联贩卖过来的办法，先给每一个哲学家贴上一张标签，不是唯心主义，就是唯物主义，把极端复杂的思想问题简单化了。这种做法为我所不取。

老子《道德经》中在几个地方都提到天、地、自然等。他说：

　　人法地，地法天，天法道，道法自然。（二十五章）

在这一段话里，老子哲学的几个重要概念都出现了。他首先提出"道"这个概念，在他以后的中国哲学史上起到重要的作用。这里的"天"显然不是有意志的上帝，而是与"地"相对的物质性的东西。这里的"自然"是最高原则。老子主张"无为"，"自然"不就是"无为"吗？他又说：

　　天地不仁，以万物为刍狗。（五章）

明确说天地是没有意志的。他又说：

道之尊，德之贵，夫莫之命而常自然。（五十一章）

道德不发号施令，而是让万物自由自在地成长。总而言之，老子认为天不是神，而是物质的东西。

几乎可以说，与老子形成对立面的是孔子。在《论语》中有许多讲到"天"的地方。孔子虽然说"子不语怪力乱神"；但是，在他的心目中是有神的，只不过是"敬鬼神而远之"而已。"天"在孔子看来也是有人格、有意志的神。孔子关于"天"的话我引几条：

天何言哉！四时行焉，百物生焉，天何言哉！

天之将丧斯文也，后死者不得与于斯文也；天之未丧斯文也，匡人其如予何！

天生德于予，桓魋其如予何！

孔子还提倡"天命"，也就是天的意志、天的命令。自命为孔子继承人的孟子，对"天"的看法同孔子差不多。他有一段常被征引的话：

天将降大任于是人也，必先苦其心志，劳其筋骨，饿其体肤，空乏其身，行拂乱其所为。所以动心忍性，曾益其所不能。

在这里，"天"也是一个有意志的主宰者。

也被认为是儒家的荀子，对"天"的看法却与老子接近，而与孔孟迥异其趣。他不承认天是有人格有意志的最高主宰者。有的哲学史家说，荀子直接把"天"解释为自然界。我个人认为，这是非常重要也非常正确的解释。荀子主要是在《天论》中对"天"做了许多唯物的解释，我不去抄录。我想特别提出"天养"说："财非其类以养其类，夫是之谓天养。"意思是说人类利用大自然养活自己。这也是很重要的思想。多少年前我曾写过一篇论文《"天人合一"新解》，我当时没有注意到荀子对"天"的解释，所以自命为"新解"，其实并不新了。荀子已先我两千多年言之矣。我的贡献在于结合当前世界的情况，把"天人合一"归入道德最高标准而已。这一点我在上面讲"天人关系"一节中已经讲到，请读者参阅。

我在上面只讲了老子、孔子、孟子和荀子。其他诸子对"天"的看法也是五花八门的。因为同我要谈的问题无关，我不一一论列。我只讲一下墨子，他认为"天"是有意志的，这同儒家的孔孟差不多。

我的补充解释就到此为止。

尽管荀子对"天"的认识已经达到了很高的水平，但是支配中国思想界的儒家仍然是保守的。我想再回头分析一下上面已经提到过的格、致等八个层次。前五项都与修身有关，后三项则讲的是社会关系，没有一项是天人关系的。这是什么原因呢？根据我个人肤浅的看法，先秦儒家，大概同一般老百姓一样，觉得天离开人们远，也有点恍兮惚兮，不容易捉摸，而人际关系则是摆在眼前的，时时处处都会碰上，不注意解决是不行的。我们汉族是一个偏重实际的民族。所以就把注意力大部分用在解决社会关系和个人修身上面了。

几千年来，在中国的封建社会中，有很多形成系列的道德教条，什么仁、义、礼、智、信，什么孝、悌、忠、信、廉、耻，如此等等，不一而足。每一个人在社会中的地位也排列得井井有条，比如五伦之类。亲属间的称呼也有条不紊，什么姑夫、舅父、表姑、表舅等，世界上哪一种语言也翻译不出来，甚至在当前的中国，除了年纪大的一些人以外，年轻人自己也说不明白了。《白虎通》的三纲六纪，陈寅恪先生认为是中国文化的精义之所寄，可见中国这一些处理社会关系的准则在他心目中的重要地位了。

上面讲的是社会关系和个人修身问题。至于天人关系，除了先秦诸子所讲的以外，中国历代还有一种说法，就是所谓"天子"，说皇帝是上天的儿子。这种说法对皇帝和臣民都有好处。皇帝以此来吓唬老百姓，巩固自己的地位。臣下也可以适当地利用它来给皇帝一点制约，比如利用日食、月食、彗星出现等"天变"来向皇帝进谏，要他注意修德，要他注意自己的行动，这对人民多少有点好处。

把以上所讲的归纳起来看，本文中所讲的三个关系，第二个社会关系和第三个个人修身问题，人们早已注意到了，而且一贯加以重视了。至于天人关系，虽也已注意到，但只是片面讲，其间的关系则多所忽略，特别是对大自然能够报复则认识比较晚，这情况中西皆然。只是到了西方产业革命以后，西方科技发展迅猛，人们忘乎所以，过分相信"人定胜天"的力量，以致受到了自然的报复，才出现了恩格斯所说的那种情况。到了今天，世界上一些有识之士，其中包括一些国家领导人，如梦初醒，惊呼"环保"不止。然而，从世界范围来看，并不是每个人都清醒够了。污染大气、破坏生态平衡的举动仍然到处可见。我个人的看法是不容乐观。因此我才把处理好天人关系提高到伦理道德的高标准来加以评断。

从一部人类发展前进的历史来看，三个关系各自的对立面并不是固定不变的，而是变动不居的。因此制约这些关系的伦理道德教条也不可能一成不变。各个时代，各个民族，各个国家，情况不一，要求不一，道德标准也不可能统一。因此，我们必须提出，对过去的道德标准一定要批判地继承。过去适用的，今天未必适用。今天适用的，将来未必适用。在道德教条中有的寿命长，有的寿命短。有的可能适用于全人类，有的只能适用于某一些地区。适用于一切时代、一切地区，万古长青的道德教条恐怕是绝无仅有的。

文章已经写得很长，必须结束了。我再着重说明一下，我不是伦理学家，没有研究过伦理学史。我只是习惯于胡思乱想。我常感觉到，中国以及世界上道德教条多如牛毛，如粒粒珍珠，熠熠闪光。可是都有点各自为政，不相关联。我现在不揣冒昧提出了一条贯穿众珠的线，把这些珠子穿了起来。是否恰当？自己不敢说。请方家不吝教正。

2001 年 5 月 25 日

# 我们面对的现实

我们面对的现实，多种多样，很难一一列举。现在我只谈两个：第一，生活的现实；第二，学术研究的现实。

## 生活的现实

生活，人人都有生活，它几乎是一个广阔无垠的概念。在家中，天天开门七件事：柴、米、油、盐、酱、醋、茶，人人都必须有的。这且不表。要处理好家庭成员的关系，不在话下。在社会上，就有了很大的区别。当官的，要为人民服务，当然也盼指日高升。大款们另有一番风光，炒股票、玩期货，一夜之间成了暴发户，腰缠十万贯，"春风得意马蹄疾，一日看遍长安花"。当然，一旦破了产，跳楼自杀，有时也在所难免。我辈书生，青灯黄卷，兀兀穷年，有时还得爬点格子，以济工资之穷。至于引车卖浆者流，只有拼命干活，才得糊口。

这都是我们必须面对的生活。我们必须黾勉从事，过好这个日子（生活），自不待言。

但是，如果我们把眼光放远一点，把思虑再深化一点，想一想全人类的生活，你感觉到危险性了没有？也许有人感到，我们这个小小寰球并不安全。有时会有地震，有时会有天灾，刀兵水火，疾病灾殃，说不定什么时候就会驾临你的头上，躲不胜躲，防不胜防。对策只有一个：顺其自然，尽上人事。

如果再把眼光放得更远，让思虑钻得更深，则眼前到处是看不见的陷阱。我自己也曾幼稚过一阵。我读东坡《（前）赤壁赋》："唯江上之清风，与山间之明月，耳得之而为声，目遇之而成色。取之不尽，用之不竭。是造物者之无尽藏也，而我与子之所共适。"我深信苏子讲的句句是真理。然而，到了今天，江上之风还清吗？山间之月还明吗？谁都知道，由于大气的污染，风早已不清，月早已不明了。与此有联系的还有生态平衡的破坏，动植物品种的灭绝，新疾病的不断出现，人口的爆炸，臭氧层出了洞，自然资源——其中包括水——的枯竭，如此等等，不一而足。我们人类实际上已经到了"盲人骑瞎马，夜半临深池"的地步。令人吃惊的是，虽然有人已经注意到了这个现象，但并没有提高到与人类生存前途挂钩的水平，仍然只是头痛治头、脚痛治脚。还有人幻想用西方的"科学"来解救这一场危机。我认为，这是不太可能的，这一场灾难主要就是西方"征服自然"的"科学"造成的。西方科学的优秀之处，必须继承；但是必须从根本上、从思想上解决问题，以东方的"民胞物与"的"天人合一"的思想济西方"科学"之穷。人类前途，庶几有望。

## 学术研究的现实

对我辈知识分子来说，除了生活的现实之外，还有一个学术研究的现实。我在这里重点讲人文社会科学，因为我自己是搞这一行的。

文史之学，中国和欧洲都已有很长的历史。因两处具体历史情况不同，所以发展过程不尽相同。但是总的研究对象和研究方法多有相通之处，对象大都是古典文献。就中国而论，由于字体屡变，先秦典籍的传抄工作不能不受到影响。但是，读书必先识字，此《说文解字》之所以必做也。新材料的出现，多属偶然。地下材料，最初是"地不爱宝"，它自己把材料贡献出来的，有目的有意识的发掘工作是后来兴起的。盗墓者当然是例外。至于社会调查，古代不能说没有，采风就是调查形式之一。有计划、有组织、有目的的社会调查工作，也是晚起的，恐怕还是多少受了点西方的影响。

古代文史工作者用力最勤的是记诵之学。在科举时代，一个举子必须能背"四书""五经"，这是起码的条件。否则，连秀才也当不上，遑论进士！扩而大之，要背诵十三经，有时还要连上注疏。至于传说有人能倒背十三经，对于我至今还是个谜，一本书能倒背吗？背了有什么用处呢？

社会不断前进，先出了一些类似后来索引的东西，系统的科学的索引，出现最晚，恐怕也是受西方的影响，有人称之为"引得"

（index），显然是舶来品。

但是，不管有没有索引，索引详细不详细，我们研究一个题目，总要先积累资料，而积累资料，靠记诵也好，靠索引也好，都是十分麻烦、十分困难的。有时候穷年累月，滴水穿石，才能勉强凑足够写一篇论文的资料，有一些资料可能还是可遇而不可求的。写文章之难真是难于上青天。

然而，石破天惊，电脑出现了，许多古代典籍逐渐输入电脑了，不用一举手一投足之劳，只需发一命令，则所需的资料立即呈现在你的眼前，一无遗漏。岂不痛快也哉！

这就是眼前我们面对的学术现实。最重要、最困难的收集资料工作解决了，岂不是人人皆可以为大学者了吗？难道我们还不能把枕头垫得高高地"高枕无忧"了吗？

我说："且慢！且慢！我们的任务还并不轻松！"我们面临这一场大的转折，先要调整心态。对电脑赐给我们的资料，要加倍细致地予以分析使用。还有没有输入电脑的书，仍然需要我们去翻检。

# 关于人的素质的几点思考

## 一、我们当前所面临的形势

谈问题必须从实际出发，这几乎成了一个常识。谈人的素质又何能例外？

在这方面，中国甚至全世界，我们所面临的形势怎样呢？我觉得，法鼓人文社会学院的"通告"中说得简洁而又中肯：

> 识者每以今日的社会潜伏下列诸问题为忧，即功利气息弥漫，只知夺取而缺乏奉献和服务的精神；大家对社会关怀不够，环境日益恶化；一般人虽受相当教育，但缺乏判断是非善恶的能力；科技教育与人文教育未能整合，阻碍教育整体发展，亦且影响学生健全人格的养成。

这些话都切中时弊。

在这里，我想补充上几句。

我们眼前正处在 20 世纪的世纪末和千纪末中。"世纪"和"千纪"都是人为地创造出来的；但是，一旦创造出来，它似乎就对人类活动产生了影响。19世纪的世纪末可以为鉴，当前的这一个世纪末，也不例外。在政治、经济等方面所发生的巨大变化，有目共睹。我特别想指出环境保护等方面令人触目惊心的情况。这些都与西方科学技术的发展密切相连。

西方自产业革命以后，科技飞速发展。生产力解放之后，远迈前古，结果给全体人类带来了极大的意想不到的福利。这一点是无论如何也否认不掉的。但是同时也带来了同样是想不到的弊端或者危害，比如空气污染、海河污染、生态平衡破坏、一些动植物灭种、环境污染、臭氧层出洞、人口爆炸、淡水资源匮乏、新疾病产生，如此等等，不一而足。这些灾害中任何一项如果避免不了，去除不掉，则人类生存前途就会受到威胁。所以，现在全世界有识之士以及一些政府都大声疾呼，注意环保工作。这实在值得我们钦佩。

英国浪漫主义诗人雪莱（Shelley）以诗人的惊人的敏感，在19世纪初叶，正当西方工业发展如火如荼地上升的时候，在他所著的于1821年出版的《诗辨》中，就预见到它能产生的恶果，他不幸而言中，他还为这种恶果开出了解救的药方：诗与想象力，再加上一个爱。这也实在值得我们佩服。

眼前的这一个世纪末，实在是人类历史上一个空前的大动荡大转轨的时代。在这样的时代中，我们平常所说的"代沟"空前地既深且广。老少两代人之间的隔阂十分严峻。有人把现在年轻的一代人称为"新人类"，据说日本也有这个词儿，这个词儿意味深长。

## 二、人的天性或本能

我们就处在这样的环境条件下来探讨关于人的天性的一些想法。

两千多年以来，中国哲学史上始终有一个争论不休的问题：性善与性恶。孟子主性善，荀子主性恶，这是众所周知的事实。两说各有拥护者和反对者，中立派就主张性无善无恶说。我个人的看法接近此说，但又不完全相同。如果让我摆脱骑墙派的立场，说出真心话的话，我赞成性恶说，然则根据何在呢？

由于行当不对头——我重点摘的是古代佛教历史、中亚古代语文、佛教史、中印和中外文化交流史等——我对生理学和心理学所知甚微。根据我多年的观察与思考，我觉得，造物主或天或大自然，一方面赋予人和一切生物（动植物都在内）以极强烈的生存欲，另一方面又赋予它们极强烈的发展扩张欲。一棵小草能在砖石重压之下，以惊人的毅力，钻出头来，真令我惊叹不止。一尾鱼能产上百上千的卵，如果每一个卵都能长成鱼，则湖海有朝一日会被鱼填满。植物无灵，但有能，它想尽办法，让自己的种子传播出去。类似的例子，举不胜举。但是，与此同时，造物主又制造某些动植物的天敌，大鱼吃小鱼，小鱼吃虾米，猫吃老鼠，等等，等等，总之是，一方面让你生存发展，一方面又遏止你生存发展，以此来保持物种平衡，人和动植物的平衡。这是造物主给生物开玩笑。老子说："天地不仁，以万物为刍狗。"意思与此差为相近。如此说来，荀子的性恶说能说没有根据吗？荀子说："人之性恶，其善者伪也。""伪"字在这里有"人为"的意思，不全是"假"。总之，这个说法比孟子性善说更能说得过去。

## 三、道德问题

写到这里，我认为可以谈道德问题了。道德讲善恶，讲好坏，讲是非等。那么，什么是善，是好，是坏呢？根据我上面的说法，我们可以说：自己生存，也让别的人或动植物生存，这就是善。只考虑自己生存，不考虑别人生存，这就是恶。《三国演义》中说曹操有言："只教我负天下人，不教天下人负我。"这是典型的恶。要一个人不为自己的生存考虑，是不可能的，是违反人性的。只要能做到既考虑自己也考虑别人，这一个人就算及格了，考虑别人的百分比愈高，则这个人的道德水平也就愈高。百分之百考虑别人，所谓"毫不利己，专门利人"，是做不到的，那极少数为国家、为别人牺牲自己性命的，用一个哲学家现成的话来说是出于"正义行动"。

只有人类这个"万物之灵"才能做到既为自己考虑，也能考虑到别人的利益。一切动植物是绝对做不到的，它们根本没有思维能力。它们没有自律，只有他律，而这他律就来自大自然或者造物主。人类能够自律，但也必须辅之以他律。康德所谓"消极义务"，多来自他律。他讲的"积极义务"，则多来自自律。他律的内容很多，比如社会舆论、道德教条等都是。而最明显的则是公安局、检察机构、法院。

写到这里，我想把话题扯远一点，才能把我想说的问题说明白。

人生于世，必须处理好三个关系：（1）人与大自然的关系，那也称之为"天人关系"；（2）人与人的关系，也就是社会关系；（3）人自己的关系，也就是个人思想感情矛盾与平衡的问题。这三个关系处理好，人就幸福愉快，否则就痛苦。在处理第一个关系时，也就是天人关系时，东西方，至少在指导思想方向上截然不同。西方主"征服自然"（to conquer the nature），《天演论》的"物竞天择，适者生存"，即由此而出。但是天或大自然是能够报复的，能够惩罚的。你"征服"得过了头，它就报复。比如砍伐森林，砍光了森林，气候就受影响，洪水就泛滥。世界各地都有例可证。今年大陆的水灾，根本原因也在这里。这只是一个小例子，其余可依此类推。学术大师钱穆先生一生最后一篇文章《中国文化对人类未来可有的贡献》，讲的就是"天人合一"的问题，我冒昧地在钱老文章的基础上写了两篇补充的文章，我复印了几份，呈献给大家，以求得教正。"天人合一"是中国哲学史上一个重要命题，解释纷纭，莫衷一是。钱老说："我曾说'天人合一'论，是中国文化对人类最大的贡献。"我的补充明确地说，"天人合一"就是人与大自然要合一，要和平共处，不要讲征服与被征服。西方近二百年以来，对大自然征服不已，西方人以"天之骄子"自居，骄横不可一世，结果就产生了我在上文第一章里补充的那一些弊端或灾害。钱宾四先生文章中讲的"天"似乎重点是"天命"，我的"新解"，"天"是指的大自然。这种人与大自然要和谐相处的思想，不仅仅是中国思想的特征，也是东方各国思想的特征。这是东西文化思想分道扬镳的地方。在中国，表现这种思想最明确的无过于宋代大儒张载，他在《西铭》中说："民，吾同胞；物，吾与也。""物"指的是天地万物。佛教思想中也有"天人合一"的因素，韩国吴亨根教授曾明确地指出这一点。佛教基本教规之一的"五戒"中就有戒杀生一条，同中国"物与"思想一脉相通。

## 四、修养与实践问题

我体会，圣严法师之所以不惜人力和物力召开这样一个规模宏大的会议，大陆暨香港地区，以及台湾地区的许多著名的学者专家之所以不远千里来此集会，绝不会是让我们坐而论道的。道不能不论，不论则意见不一致，指导不明确，因此不论是不行的。但是，如果只限于论，则空谈无补于实际，没有多大意义。况且，圣严法师为法鼓人文社会学院明定宗旨是"提升人的品质，建设人间净土"。这次会议的宗旨恐怕也是如此。所以，我们在议论之际，也必须想出一些具体的办法，这样会议才能算是成功的。

我在本文第一章中已经讲到过，我们中国和全世界所面临的形势是十分严峻的。钱穆先生也说："近百年来，世界人类文化所宗，可说全在欧洲。最近五十年，欧洲文化近于衰落，此下不能再为世界人类文化向往之宗主。所以可说，最近乃人类文化之衰落期。此下世界文化又将何所向往？这是今天我们人类最值得重视的现实问题。"可谓慨乎言之矣。

我就在面临这样严峻的情况下提出了修养和实践问题的，也可以称之为思想与行动的关系，二者并不完全一样。

所谓修养，主要是指思想问题、认识问题、自律问题，他律有时候也是难以避免的。在大陆，帮助别人认识问题，叫作"做思想工作"。一个人遇到疑难，主要靠自己来解决，首先在思想上解决了，然后才能见诸行动，别人的点醒有时候也起作用。佛教禅宗主张"顿悟"。觉悟当然主要靠自己，但是别人的帮助有时也起作用。禅师的一声断喝、一记猛掌、一句狗屎橛，也能起振聋发聩的作用。宋代理学家有一个克制私欲的办法。清尹铭绶《学见举隅》中引朱子的话说：

前辈有欲澄治思虑者，于坐处置两器，每起一善念，则投白豆一粒于器中；每起一恶念，则投黑豆一粒于器中，初时黑豆多，白豆少，后来随不复有黑豆，最后则验白豆亦无之矣。然此只是个死法，若更加以读书穷理的工夫，那去那般不正作当底思虑，何难之有？

这个方法实际上是受了佛经的影响。《贤愚经》卷十三，（六七）优波提品第六十讲到一个"係念"的办法：

以白黑石子，用当等于筹算。善念下白，恶念下黑。

优波提奉受其教，善恶之念，辄投石子。初黑偶多，白者甚少。渐渐修习，白黑正等。係念不止。更无黑石，纯有白者。善念已盛，逮得初果。（《大正新修大藏经》，第四卷，页四四二下）

这与朱子说法几乎完全一样，区别只在豆与石耳。

这个做法究竟有多大用处，我们且不去谈。两个地方都讲善念、恶念。什么叫善？什么叫恶？中印两国的理解恐怕很不一样。中国的宋儒不外孔孟那些教导，印度则是佛教教义。我自己对善恶的看法，上面已经谈过。要系念，我认为，不外是放纵本性与遏制本性的斗争而已。为什么要遏制本性？目的是既让自己活，也让别人活。因为如果不这样做的话，则社会必然乱了套，就像现代大城市里必然有红绿灯一样，车往马来，必然要有法律和伦理教条。宇宙间，任何东西，包括人与动植物，都不允许有"绝对自由"。为了宇宙正常运转，为了人类社会正常活动，不得不尔也。对动植物来讲，它们不会思考，不能自律，只能他律。人为万物之灵，是能思考、能明辨是非的动物，能自律，但也必济之以他律。朱子说，这个系念的办法是个"死法"，光靠它是不行的，还必须读书穷理，才能去掉那些不正当的思虑。读书当然是有益的，但却不能只限于孔孟之书；穷理也是好的，但标准不能只限于孔孟之道。特别是在今天，在一个新世纪即将来临之际，眼光更要放远。

眼光怎样放远呢？首先要看到当前西方科技所造成的弊端，

人类生存前途已处在危机中。世人昏昏，我必昭昭。我们必须力矫西方"征服自然"之弊，大力宣扬东方"天人合一"的思想，年轻人更应如此。

以上主要讲的是修养。光修养还是很不够的，还必须实践，也就是行动，最好能有一个信仰，宗教也好，什么主义也好；但必须虔诚、真挚。这里存不得半点虚假成分。我们不妨先从康德的"消极义务"做起：不污染环境、不污染空气、不污染河湖、不胡乱杀生、不破坏生态平衡、不砍伐森林，还有很多"不"。这些"消极义务"能产生积极影响。这样一来，个人的修养与实践、他人的教导与劝说，再加上公、检、法的制约，本文第一章所讲的那一些弊害庶几可以避免或减少，圣严法师所提出的希望庶几能够实现，我们同处于"人间净土"中。"挽狂澜于既倒"，事在人为。

# 四

# 时间不留情，光阴不可轻

# 时　间

　　一抬头，就看到书桌上座钟的秒针在一跳一跳地向前走动。它那里一跳，我的心就一跳。孔子说："逝者如斯夫，不舍昼夜！"这里指的是水。水永远不停地流逝，让孔夫子吃惊兴叹。我的心跳，跳的是时间。水是能看得见、摸得着的。时间却看不见、摸不着，它的流逝你感觉不到，然而确实是在流逝。现在我眼前摆上了座钟，它的秒针一跳一跳，让我再清楚不过地看到了时间的流逝，焉能不心跳？焉能不兴叹呢？

　　远古的人大概是很幸福的。他们日出而作，日入而息，根据太阳的出没来规定自己的活动。即使能感到时间的流逝，也只在依稀隐约之间。后来，他们聪明了，根据太阳光和阴影的推移，把时间称作光阴。再后来，人们的聪明才智更提高了，用铜壶滴漏的办法来显示和测定时间的推移，这是用人工来抓住看不见摸不着的时间的尝试。到了近几百年，人类发明了钟表，把时间的存在与流逝清清楚楚地摆在每一个人的面前。这是人类文明进步的表现。但是，正如人们常说的那样，"有一利必有一弊"，人类成了时间的奴隶，成了手表的奴隶。现在各种各样的会极多，开会必须规定时间，几点几分，不能任意伸缩。如果参加重要的会而路上偏偏赶上堵车，任你怎样焦急，怎样频频地看手表，都是白搭。这不是典型的时间的奴隶又是什么呢？然而，话又说回来，在今天头绪纷纭杂乱有章的社会里，开会不定时间，还像古人那样"日出而作，日入而息"，优哉游哉，顺帝之则，今天的社会还能运转吗？不管你愿意不愿意，成为时间的奴隶正是文明的表现。

不管你意识到还是没有意识到，大自然还是把虚无缥缈的时间用具体的东西暗示给了人们。比如用日出日落标志出一天，用月亮的圆缺标志出一月，用四季（在印度是六季或者两季）标志出一年。农民最关心这些问题，一年二十四个节气对他们种庄稼有重要意义。在自然科学家和哲学家眼中，时间具有另外的意义。他们说，大千世界，人类万物，都生长在时间和空间内，而时间是无头无尾的，空间是无边无际的。我既不是自然科学家，也不是哲学家，对无头无尾和无边无际实在难以理解。可是不这样又能怎样呢？如果时间有了头尾，头以前、尾以后又是什么呢？因此，难以理解也只得理解，此外更没有其他途径。

生与死也属于时间范畴。一般人总是把生与死绝对对立起来。但是，中国古代的道家却主张"万物方生方死"，把生与死辩证地联系在一起，而且准确无误地道出了生即是死的关系。随着座钟秒针的一跳，我自己就长了无法用言语表达出来的那么一点点。同时也就是向着死亡走近了那么一点点。不但我是这样，现在正是初夏，窗外的玉兰花、垂柳和深埋在清塘里的荷花，也都长了那么一点点。不久前还是冰封的湖水，现在是"风乍起，吹皱一池夏水"，波光潋滟，水色接天。岸上的垂杨，从光秃秃的枝条上逐渐长出了小叶片，一转瞬间，出现了一片鹅黄；再一转瞬，就是一片嫩绿，现在则是接近浓绿了。小山上原来是一片枯草，"一夜东风送春暖，满山开遍二月兰"。今年是二月兰的大年，山上地下，只要有空隙，二月兰必然出现在那里，座钟的秒针再跳上多少万次，二月兰即将枯萎，也就是走向暂时的死亡了。所有这些东西，都是方生方死。这是自然的规律，不可逆转的。

印度人是聪明的，他们把时间和死亡视为一物。梵文 hala，既是"时间"，又是"死亡或死神"。《罗摩衍那》的主人公罗摩，在活了极长的时间以后，hala 走上门来，这表示他就要死亡了。罗摩泰然处之，既不"饮恨"，也不"吞声"。他知道这是自然规律，人类是无能为力的。我们今天知道，不但人类是这样，世界上万事万物都有始有终，无一例外。"顺其自然"是最好的办法。我在这里顺便说一下。在梵文里，动词"死"的字根是 mn；但是此字不用 manati 来表示现在时，而是用被动式 mniyati（ti），这表示，印度人认为"死"是被动的，主动自杀者究属少数。

同印度人比较起来，中国人大概希望争取长生。越是有钱有势的人越希望活下去，在旧社会生活在水深火热中的小百姓，决不会愿意长远活下去的。而富有天下的天子则热切希望长生。中国历史上几位有名的英主，莫不如此。秦始皇和汉武帝都寻求不死之药或者仙丹什么的。连唐太宗都是服用了印度婆罗门的"仙药"而中毒身亡的。老百姓书呆子中也有寻求肉身升天的，而且连鸡犬都带了上去。我这个木头脑袋瓜真想也想不通。如果真有那么一个"天"的话，人数也不会太多。升到那里去干些什么呢？那里不会有官僚衙门，想走后门靠贿赂来谋求升官，没有这个可能。那里也不会有什么市场，什么WTO（世界贸易组织），想发财也英雄无用武之地。想打麻将，唱卡拉OK，唱几天，打几天，还是会有兴趣的，但让你一月月一年年永远打下去，你受得了吗？养鸡喂狗，永远喂下去，你也受不了。"不为无益之事，何以遣有涯之生！"无益之事天上没有。在天上待长了，你一定会自杀的。苏东坡说"起舞弄清影，何似在人间"是有见地之言。我们还是老老实实待在人间吧。

要待在人间，就必须受时间的制约。在时间面前，人人平等。如果想不通我在上面说的那一些并不深奥的道理，时间就变成了枷锁，让你处处感到不舒服。但是，如果真想通了，则戴着枷锁跳舞反而更能增加一些意想不到的兴趣。我自认是想通了。现在照样一抬头就看到书桌上座钟的秒针一跳一跳地向前走动，但是我的心却不跳了。我觉得这是时间给我提醒儿，让我知道时间的价值。"一寸光阴不可轻"，朱子这一句诗对我这个年过九十的老头儿也是适用的。

2002 年 3 月 31 日

# 邻 人

古书上说："德不孤，必有邻。"我不知道我是不是有德，但邻人我却是有了，而且很多。因为我现在住在一座外面看上去似乎像工厂的大楼上，上下左右都住着人，也就可以说都是我的邻人。

古时候有德的人的邻人怎样，我不敢说，也很难想象出来。但他们绝对不会像我现在这些邻人这样精深博大，这是我可以断言而引以自傲的。我现在的邻人几乎每个人都是专家。说到中国戏剧，就有谭派正宗，程派嫡传，还有异军突起自创的新腔。说到西洋剧和西洋音乐，花样就更多。有男高音专家，男低音专家，男不高不低音的专家。在这里，人长了嘴仿佛就是为了唱似的。每当晚饭初罢的时候，左面屋子里先涌出一段二簧摇板来。别的屋子当然也不会甘居人后，立刻挤出几支洋歌，其声呜呜然，仿佛是冬夜深山里的狼嗥。我虽然无缘瞻仰歌者的尊容，但我的眼却仿佛能透过墙壁看到他脸上的青筋在鼓胀起来，脖子拼命向上伸长。余音在长长的走廊里回荡，我们这房子可惜看不到梁，不然这余音绕在上面怕是永远再不消逝了。岂能只绕三天呢！古时候圣人在齐闻韶，三月不知肉味。我听了这样好的歌声，吃到肚子里去的肉只是想再吐出来。自己发狠也没办法。以前我也羡慕过圣人，现在我才知道，圣人毕竟是不可即的了。

但这才只是一个开端。不久就来了乐声。不一定从哪间屋子里先飘出一阵似乎是无线电的声音，有几间别的屋子立刻就响应。一转耳间已经是八音齐奏，律吕调阳，真正是洋洋乎盈耳哉。但却苦了我这不懂音乐的人。有时候电忽然停了，论理我应该不高兴。但现在我却从心里喜悦，以为最少这无线电收音机可工作不成了。但我失了望。不久就又是一片乐声从烛光摇曳的屋子里洋溢出来，在黑暗的走廊里回旋。我的高邻们原来又开了留声机。他们一点都不自私，毫不吝啬地把他们的快乐分给我一份，声音之高，震动全楼。他们废寝忘餐地一直玩到深夜，我也只好躺在枕上陪他们，瞪大了眼睛望着黑暗。

他们不但在这方面表现出一点都不自私，在别的方面他们也表现出他们的大度。他们仿佛一点秘密都不想保守。说话的时候，对方当然要听到，这是不成问题的。但他们还恐怕别人听不到，尽量提高了喉咙。有时候隔了几间屋还可以听得清清楚楚。倘若他们在走廊里说话，我的屋里就仿佛装了扩音器，我自己也仿佛在听名人演讲。当他们说话中再加上笑声的时候，那声势就更大。勉强打个譬喻，只有八月中秋的钱塘怒潮可以比得来。真足以振懦起弱，回肠荡气。我们这座楼据说已经有了点年纪，我真担心它会受不住这巨声的震荡蓦地倒下去。

　　当他们离开自己的屋子或者回自己屋子来的时候，他们也没有秘密，而且是唯恐别人不知道。他们关门的声音和底上钉了铁块的大皮鞋的声音就是用以昭告全楼，说是他们要出去或者回来了。在我的故乡，倘若一个人鬼鬼祟祟地放轻了脚步走到人家窗下去偷听人家的私话，我们就说这个人是踏鸡毛鞋。意思是说他的鞋底是用鸡毛做成的，所以走起路来没有声音。我们的高邻却绝对不踏鸡毛鞋，他们的鞋底是铁做的。有时候我在屋里静静地看一点书，蓦地听到一阵铁与木头相击的声音，我心里已经知道是我的邻人来了。但我还没来得及再想，"轰"的一声，我的屋子，当然我也在内，立刻一阵震动，桌上玻璃杯里的水也立刻晃动起来，在电灯光下，起了成圈的水纹，伸张，扩散，幻成一条条的金光。我在大惊之余，脑海里糊涂了一阵。再仔细一想才知道是我的邻人在关门。

　　这一惊还没有定，头顶上又是"轰"的一声，仿佛中了一个炸弹。我的神经立刻紧张起来，我忘记我现在是在北平，我又仿佛回到两年前去，在德国一个小城的防空洞里，天空里盘旋着几百架英国飞机，就在不远的地方，响着一声声的炸弹。每一个炸弹一响，我就震得跳起来。每一刹那都在等着一个炸弹在自己头上一响，自己也就像做一个噩梦似的消逝了。自己当时虽然没有真的消逝，但现在却像一个被火烧过的小孩，见了一星星的光，身上也就不自主地战栗起来。但是我的头顶上还没有完。一声

"轰"以后，立刻就听到桌子的腿被拖着在地板上走，地板偏又抵抗，于是发出了令人听了非常不愉快的声音。不久，椅子也被拖着走了，书架也被拖着走了，这一切声音合成一个大交响乐。住在下面的我就只好义务地来听。而且隔上不久，总要重演一次，使我在左右夹攻之中还要注意到更重要的防空。

这种生活确不单调，确不寂寞，也许有不少的人喜欢它。但我却真有点受不了。在篇首我引了两句古书："德不孤，必有邻。"那么倘若一个人孤而无邻的话，那他就一定是不德了。韩文公说："足乎己无待于外之谓德。"谁都知道德是好东西，我也知道。但倘若现在让我拣选的话，我宁取不德。

1947 年 2 月 5 日

# 爱　情

一

　　人们常说，爱情是文艺创作的永恒主题。不同意这个意见的人，恐怕是不多的。爱情同时也是人生不可缺少的东西。即使后来出家当了和尚，与爱情完全"拜拜"，在这之前也曾蹚过爱河，受过爱情的洗礼，有名的例子不必向古代去搜求，近代的苏曼殊和弘一法师就摆在眼前。

　　可是为什么我写《人生漫谈》已经写了三十多篇还没有碰爱情这个题目呢？难道爱情在人生中不重要吗？非也。只因它太重要、太普遍，但却又太神秘、太玄乎，我因而不敢去碰它。

　　中国俗话说："丑媳妇迟早要见公婆的。"我迟早也必须写关于爱情的漫谈的。现在，适逢有一个机会：我正读法国大散文家蒙田的随笔《论友谊》这一篇，里面谈到了爱情。我干脆抄上几段，加以引申发挥，借他人的杯，装自己的酒，以了此一段公案。以后倘有更高更深刻的领悟，还会再写的。

蒙田说：我们不可能将爱情放在友谊的位置上。"我承认，爱情之火更活跃，更激烈，更灼热……但爱情是一种朝三暮四、变化无常的感情，它狂热冲动，时高时低，忽冷忽热，把我们系于一发之上。而友谊是一种普遍和通用的热情……再者，爱情不过是一种疯狂的欲望，越是躲避的东西越要追求……爱情一旦进入友谊阶段，也就是说，进入意愿相投的阶段，它就会衰弱和消逝。爱情是以身体的快感为目的，一旦享有了，就不复存在。"

总之，在蒙田眼中，爱情比不上友谊，不是什么好东西。我个人觉得，蒙田的话虽然说得太激烈，太偏颇，太极端；然而我们却不能不承认，它有合理的实事求是的一方面。

根据我个人的观察与思考，我觉得，世人对爱情的态度可以笼统地分为两大流派：一派是现实主义，一派是理想主义。蒙田显然属于现实主义，他没有把爱情神秘化、理想化。如果他是一个诗人的话，他也绝不会像一大群理想主义的诗人那样，写出些卿卿我我、鸳鸯蝴蝶，有时候甚至拿肉麻当有趣的诗篇，令普天下的才子佳人们击节赞赏。他干净利落地直言不讳，把爱情说成是"朝三暮四，变化无常的感情"。对某一些高人雅士来说，这实在有点大煞风景，仿佛在佛头上着粪一样。

我不才，窃自附于现实主义一派。我与蒙田也有不同之处：我认为，在爱情的某一个阶段上，可能有纯真之处。否则就无法解释日本青年恋人在相爱达到最高潮时有的就双双跳入火山口中，让他们的爱情永垂不朽。

二

像这样的情况，在日本恐怕也是极少极少的。在别的国家，则未闻之也。

当然，在别的国家也并不缺少歌颂纯真爱情的诗篇、戏剧、小说，以及民间传说。莎士比亚的《罗密欧与朱丽叶》，中国的梁山伯与祝英台是世所周知的。谁能怀疑这种爱情的纯真呢？专就中国来说，民间类似梁祝爱情的传说，还能够举出不少来。至于"誓死不嫁"和"誓死不娶"的真实故事，则所在多有。这样一来，爱情似乎真同蒙田的说法完全相违，纯真圣洁得不得了啦。

我在这里想分析一个有名的爱情的案例。这就是杨贵妃和唐玄宗的爱情故事，这是一个古今艳称的故事。唐代大诗人白居易的《长恨歌》歌颂的就是这一件事。你看，唐玄宗失掉了杨贵妃以后，他是多么想念、多么情深："夕殿萤飞思悄然，孤灯挑尽未成眠。"这一首歌最后两句诗是："天长地久有时尽，此恨绵绵无绝期。"写得多么动人心魄，多么令人同情，好像他们两人之间的爱情真正纯真到了无以复加的程度。但是，常识告诉我们，爱情是有排他性的，真正的爱情不容有一个第三者。可是唐玄宗怎样呢？"后宫佳丽三千人"，小老婆真够多的。即使是"三千宠爱在一身"，这"在一身"能可靠吗？白居易以唐代臣子，竟敢乱谈天子宫闱中事，这在明清是绝对办不到的。这先不去说它，白居易真正头脑简单到相信这爱情是纯真的才加以歌颂吗？抑或另有别的原因？

这些封建的爱情"俱往矣"。今天我们怎样对待爱情呢？我明人不说暗话，我是颇有点同意蒙田的意见的。中国古人说："食色，性也。"爱情，特别是结婚，总是同"色"相联系的。家喻户晓的《西厢记》歌颂张生和莺莺的爱情，高潮竟是一幕"酬简"，也就是"以身相许"。个中消息，很值得我们参悟。

我们今天的青年怎样对待爱情呢？这我有点不大清楚，也没有什么青年人来同我这望九之年的老古董谈这类事情。据我所见所闻，那一套封建的东西早为今天的青年所扬弃。如果真有人想向我这爱情的盲人问道的话，我也可以把我的看法告诉他们的。如果一个人不想终生独身的话，他必须谈恋爱以至结婚。这是"人间正道"。但是千万别浪费过多的时间，终日卿卿我我，闹得神魂颠倒，处心积虑，不时闹点小别扭，学习不好，工作难成，最终还可能是"竹篮子打水一场空"。这真是何苦来！我并不提倡二人"一见倾心"，立即办理结婚手续。我觉得，两个人必须有一个互相了解的过程。这过程不必过长，短则半年，多则一年。余出来的时间应当用到刀刃上，搞点事业，为了个人，为了家庭，为了国家，为了世界。

三

已经写了两篇关于爱情的短文，但觉得仍然是言犹未尽，现在再补写一篇。像爱情这样平凡而又神秘的东西，这样一种社会现象或心理活动，即使再将篇幅扩大 10 倍、20 倍、100 倍，也是写不完的。补写此篇，不过聊补前两篇的一点疏漏而已。

在旧社会实行"父母之命，媒妁之言"的办法，男女青年不必伤任何脑筋，就入了洞房。我们可以说，结婚是爱情的开始。但是，不要忘记，也有"绿叶成荫子满枝"而终于不知爱情为何物的例子，而且数目还不算太少。到了现代，实行自由恋爱了，有的时候竟成了结婚是爱情的结束。西方和当前的中国，离婚率颇为可观，就是一个具体的例证。据说，有的天主教国家教会禁止离婚。但是，不离婚并不等于爱情能继续，只不过是外表上合而不离，实际上则各寻所欢而已。

爱情既然这样神秘，相爱和结婚的机遇——用一个哲学的术语就是偶然性——又极其奇怪，极其突然，绝非我们个人所能掌握的。在困惑之余，东西方的哲人俊士束手无策，还是老百姓有办法，他们乞灵于神话。

一讲到神话，据我个人的思考，就有中外之分。西方人创造了一个爱神，叫作 Jupiter 或 Cupid，是一个手持弓箭的童子。他的箭射中了谁，谁就坠入爱河，印度古代文化毕竟与欧洲古希腊、罗马有缘。他们也创造了一个叫作 Kāmaolliva 的爱神，也是手持弓箭，被射中者立即相爱，绝不敢有违。这个神话当然是同一来源，此不见论。

在中国，我们没有"爱神"的信仰，我们另有办法。我们创造了一个月老，他手中拿着一条红线，谁被红线拴住，不管是相距多么远，天涯海角，恍若比邻，二人必然走到一起，相爱结婚。从前西湖有一座月老祠，有一副对联是天下闻名的："愿天下有情人都成了眷属，是前生注定事莫错过姻缘。"多么质朴，多么有人情味！只是对某些人来说，"前生"和"姻缘"显得有点渺茫和神秘。可是，如果每一对夫妇都回想一下你们当初相爱和结婚的过程的话，你能否定月老祠的这一副对联吗？

我自己对这副对联是无法否认的，但又找不到"科学根据"。我倒是想忠告今天的年轻人，不妨相信一下。我对现在西方和中国青年人的相爱和结婚的方式，无权说三道四，只是觉得不大能接受。我自知年已望九，早已属于博物馆中的人物，我力避发九斤老太之牢骚，但有时又如骨鲠在喉不得不一吐为快耳。

1997 年 11 月 22 日

# 谈 孝

孝，这个概念和行为，在世界上许多国家中都是有的，而在中国独为突出。中国社会，几千年以来就是一个宗法伦理色彩非常浓的社会，为世界上任何国家所不及。

中国人民一向视孝为最高美德。嘴里常说的，书上常讲的三纲五常，又是什么三纲六纪，哪里也不缺少父子这一纲。具体地应该说"父慈子孝"是一个对等的关系。后来不知道是怎么一来，只强调"子孝"，而淡化了"父慈"，甚至变成了"天下无不是的父母"。古书上说："身体发肤，受之父母。"一个人的身体是父母给的，父母如果愿意收回去，也是可以允许的了。

历代有不少皇帝昭告人民："以孝治天下"，自己还装模作样，尽量露出一副孝子的形象。尽管中国历史上也并不缺少为了争夺王位导致儿子弑父的记载，野史中这类记载就更多。但那是天子的事，老百姓则是绝对不能允许的。如果发生儿女杀父母的事，皇帝必赫然震怒，处儿女以极刑中的极刑：万剐凌迟。在中国流传时间极长而又极广的所谓"教孝"中，就有一些提倡愚孝的故事，比如王祥卧冰、割股疗疾等都是迷信色彩极浓的故事，产生了不良的影响。

但是中华民族毕竟是一个极富于理性的民族。就在已经被视为经典的《孝经·谏净章》中，我们可以读到下列的话：

> 昔者天子有诤臣七人，虽无道，不失其天下；诸侯有诤臣五人，虽无道，不失其国；大夫有诤臣三人，虽无道，不失其家；士有诤友，则身不离于令名；父有诤子，则身不陷于不义。故当不义，则子不可以不诤于父，臣不可以不诤于君；故当不义，则诤之，从父之令，又焉得为孝乎？

这话说得多么好呀，多么合情合理呀！这与"天下无不是的父母"这一句话形成了鲜明的对立。后者只能归入愚孝一类，是不足取的。

到了今天，我们应该怎样对待孝呢？我们还要不要提倡孝道呢？据我个人的观察，在时代变革的大潮中，孝的概念确实已经淡化了。不赡养老父老母，甚至虐待他们的事情，时有所闻。我认为，这是不应该的，是影响社会安定团结的消极因素。我们当然不能再提倡愚孝；但是，小时候父母抚养子女，没有这种抚养，儿女是活不下来的。父母年老了，子女来赡养，就不说是报恩吧，也是合乎人情的。如果多数子女不这样做，我们的国家和社会能负担起这个任务来吗？这对我们迫切要求的安定团结是极为不利的。这一点简单的道理，希望当今为子女者三思。

1999 年 5 月 14 日

# 老　年

　　人确实是极为奇怪的动物，往往到了老年，还不承认自己老。我也并非例外。过了还历之年，有人喊自己"季老"，还觉得很刺耳，很不舒服。只是在到了耄耋之年，对这个称呼，才品出来了一点滋味，觉得有点舒服。我在任何方面都是后知后觉。天性如此，无可奈何。

　　我觉得，在人类前进的极长的历史过程中，每一代人都只是一条链子上的一个环。拿接力赛来作比，每一代人都是从前一代手中接过接力棒，跑完了一棒，再把棒递给后一代人。这就是人生。人生的意义与价值就在于认真负责地完成自己这一棒的任务。做到这一步，就可以心安理得了。古代印度人有人生四阶段的说法，是颇有见地的。

　　这个道理其实是极为明白易懂的，但是却极少解人。古代有一些人，主要是皇帝老子，梦想长生不老，结果当然是竹篮子打水，一场空。古代和近代，甚至当代，有一些人，到了老年愁这愁那：一方面为子孙积财，甚至不择手段；一方面又为自己的身后着想，修造坟场，筹建祠堂。这是有钱人的事。没有钱的老年人心事更多，想为子孙积攒钱财，又力不从心，捉襟见肘。财积不成，又良心难安。等到大限来到之时，还是两手空空，抱着无限负疚的心情，去见阎罗大王。大概在望乡台上，还是老泪纵横哩。

最近翻看明人笔记，在一本名叫《霏雪录》的书里谈到了一段话，是抄的唐代大诗人白居易的一首自警诗，原诗是：

> 蚕老茧成不庇身，
>
> 蜂饥蜜熟属他人。
>
> 须知年老尤家者，
>
> 恐似二虫虚苦辛。

诗句明白易懂，道理浅显清楚。在中国历代著名的文人中，白居易活的年龄算是相当老的。他到了老年，有了这样的想法，通脱耐人寻味。这恐怕同他晚年的信仰有关。他信仰佛教，大概又受到了中国传统道教的影响。这一首诗可以帮助我们思考一些问题。

# 谈老年

## （一）

我已经到了望九之年，无论怎样说都只能说是老了。但是，除了眼有点不明、耳有点不聪、走路有点晃悠之外，没有什么老相，每天至少还能工作七八个小时。我没有什么老的感觉，有时候还会有点沾沾自喜。

可是我原来并不是这个样子的。

我生来就是一个性格内向、胆小怕事的人。我之所以成为现在这样一个人，完全是环境逼迫出来的。我向无大志。小学毕业后，我连报考赫赫有名的济南省立第一中学的勇气都没有，只报了一个"破正谊"。那种"大丈夫当如是也"的豪言壮语，我认为，只有英雄才能有，与我是不沾边的。

在寿命上，我也是如此。我的第一本账是最多能活到五十岁，因为我的父母都只活到四十几岁，我绝不会超过父母的。然而，不知道怎么一来，五十之年在我身边倏尔而过，没有留下任何痕迹，我也根本没有想到过。接着是中国老百姓最忌讳的两个年龄：七十三岁，孔子之寿；八十四岁，孟子之寿。这两个年龄也像白驹过隙一般在我身旁飞过，也没有留下任何痕迹，我也根本没有想到过，到了现在，我就要庆祝米寿了。

早在 20 世纪 50 年代，我才四十多岁，不知为什么忽发奇想，想到自己是否能活到 21 世纪。我生于 1911 年，必须能活到八十九岁才能见到 21 世纪，而八十九这个数字对于我这个素无大志的人来说，简直就是个天文数字。我阅读中外学术史和文学史，有一个别人未必有的习惯，就是注意传主的生年卒月，我吃惊地发现，古今中外的大学者和大文学家活到九十岁的简直如凤毛麟角。中国宋代的陆游活到八十五岁，可能就是中国诗人之冠了。胆怯如我者，遥望 21 世纪，遥望八十九这个数字，有如遥望海上三山，山在虚无缥缈间，可望而不可即了。

陈岱孙先生长我十一岁，是世纪的同龄人。当年在清华时，我是外语系的学生，他是经济系主任兼法学院院长，我们可以说是有师生关系。新中国成立后，很长一段时间，我们俩同在全国政协，而且同在社会科学组，我们可以说又成了朋友，成了忘年交。陈先生待人和蔼，处世谨慎，从不说过分过激的话；但是，对我说话，却是相当随便的。他九十岁的那一年，我还不到八十岁。有一天，他对我说："我并没有感到自己老了。"我当时颇有点吃惊，难道九十岁还不能算是老吗？可是，人生真如电光石火，时间真是转瞬即逝，曾几何时，我自己也快到九十岁了。不可能的事情成为可能了，不可信的事情成为可信了。"此中有真意，欲辨已忘言。"奈之何哉！

1999 年 7 月 19 日

## （二）

即使自己没有老的感觉，但是老毕竟是一个事实。于是，我也就常常考虑老的问题，注意古今中外诗人、学者涉及老的篇章。在这方面，篇章异常多，内容异常复杂。约略言之，可能有以下几种情况，最普遍最常见的是叹老嗟贫，这种态度充斥于文人的文章中和老百姓的俗话中。老与贫皆非人之所愿，然而谁都回天无力，在万般无奈的情况下，只能叹而且嗟，聊以抒发郁闷而已，其次是故作豪言壮语，表面强硬，内实虚弱。最有名的最为人所称誉的曹操的名作：

老骥伏枥，志在千里。

烈士暮年，壮心不已。

初看起来气粗如牛，仔细品味，实极空洞。这有点像在深夜里一个人独行深山野林中故意高声唱歌那样，流露出来的正是内心的胆怯。

对老年这种现象进行平心静气的肌擘理分的文章，在中国好像并不多。最近偶尔翻看杂书，读到了两本书，其中有两篇关于老年的文章，合乎我提到的这个标准，不妨介绍一下。

先介绍古罗马西塞罗（公元前 106—前 43）的《论老年》。他是有名的政治家、演说家和散文家，《论老年》是他的《三论》之一。西塞罗先介绍了一位活到一百〇七岁的老人的话："我并没有觉得老年有什么不好。"这就为本文定了调子。接着他说：

> 老年之所以被认为不幸福有四个理由：第一是，它使我们不能从事积极的工作；第二是，它使身体衰弱；第三是，它几乎剥夺了我们所有感官上的快乐；第四是，它的下一步就是死。

接着他分析了这些说法有无道理。他逐项进行了细致的分析，并得出了有积极意义的答复。我在这里只想对第四项做一点补充。老年的下一步就是死，这毫无问题。然而，中国俗话说："黄泉路上无老少。"任何年龄的人都可能死的，也可以说，任何人的下一步都是死。

最后，西塞罗讲到他自己老年的情况。他编纂《史源》第七卷，收集资料，撰写论文。他接着说：

> 此外，我还在努力学习希腊文；并且，为了不让自己的记忆力衰退，我仿效毕达哥拉斯派学者的方法，每天晚上把我一天所说的话、所听到或所做的事情再复述一遍……我很少感到自己丧失体力……我做这些事情靠的是脑力，而不是体力。即使我身体很弱，不能做这些事情，我也能坐在沙发上享受想象之乐……因为一个总是在这些学习和工作中讨生活的人，是不会察觉自己老

之将至的。

这些话说得多么具体而真实呀。我自己的做法同西塞罗差不多。我总不让自己的脑筋闲着，我总在思考着什么，上至宇宙，下至苍蝇，我无所不想。思考锻炼看似是精神的，其实也是物质的。我之所以不感到老之已至，与此有紧密关联。

1999 年 7 月 20 日

## （三）

我现在介绍一下法国散文大家蒙田关于老年的看法，蒙田大名鼎鼎，昭如日月。但是，我对他的散文随笔却有与众不同的看法。他的随笔极多，他愿意怎样写，就怎样写，愿停就停，愿起就起，颇符合中国一些评论家的意见。我则认为，文章必须惨淡经营，这样松松散散，是没有艺术性的表现。尽管蒙田的思想十分深刻，入木三分，但是，这是哲学家的事。文学家可以有这种本领，但文学家最关键的本领是艺术性。

在《蒙田随笔》中有一篇论西塞罗的文章，意思好像是只说他爱好虚荣，对他的文章则只字未提。《蒙田随笔》三卷集最后一篇随笔是《论年龄》，其中涉及老年。在这篇随笔中，同其他随笔一样，文笔转弯抹角，并不豁亮，有古典，也有"今典"，颇难搞清他的思路。蒙田先讲，人类受大自然的摆布，常遭不测，不容易活到预期的寿命。他说："老死是罕见的、特殊的、非一般的。"这话不易理解。下面他又说道：人的活力二十岁时已经充分显露出来。他还说，人的全部丰功伟业，不管何种何类，不管古今，都是三十岁以前而非以后创立的。这意见，我认为也值得商榷。最后，蒙田谈到老年："有时是身躯首先衰老，有时也会是心灵。"这是符合实际情况的。

蒙田就介绍到这里。

我在上面说到，古今中外谈老年的诗文极多极多，不可能，也不必一一介绍。在这里，我想，有的读者可能要问："你虽然不感老之已至，但是你对老年的态度怎样呢？"

这问题问得好，是地方，也是时候，我不妨回答一下。我是曾经死过一次的人。读者诸君，千万不要害怕，我不是死鬼显灵，而是活生生的人。所谓"死过一次"，只要读过我的《牛棚杂忆》就能明白，不必再细说。总之，从 1967 年 12 月以后，我多活一天，就等于多赚了一天，算到现在，我已经多活了，也就是多赚了三十多年了，已经超过了我满意的程度。死亡什么时候来临，对我来说都是无所谓的，我随时准备着开路，而且无悔无恨。我并不像一些魏晋名士那样，表面上放浪形骸，不怕死亡。其实他们的狂诞正是怕死的表现。如果真正认为死亡是微不足道的事，何必费那么大劲装疯卖傻呢？

根据我上面说的那个理由，我自己的确认为死亡是微不足道、极其自然的事。连地球，甚至宇宙有朝一日也会灭亡，戋戋者人类何足挂齿！我是陶渊明的信徒，是听其自然的，"应尽便须尽，何必独多虑！"但是，我还想说明，活下去，我是高兴的。不过，有一个条件，我并不是为活着而活着。我常说，吃饭为了活着，但活着并不是为了吃饭。我对老年的态度约略如此，我并不希望每个人都跟我抱同样的态度。

1999 年 7 月 21 日

# 温馨，家庭不可或缺的气氛

　　大千世界，芸芸众生，除了看破红尘出家当和尚的以外，每一个人都会有一个家。一提到家，人们会不由自主地漾起一点温暖之意，一丝幸福之感。

　　不这样也是不可能的。不管是单职工还是双职工，白天在政府机构、学校、公司、工厂、商店等五花八门的场所工作劳动。不管是脑力劳动，还是体力劳动，都会付出巨大的力量，应付错综复杂的局面，会见性格各异的人物，有时会弄得筋疲力尽。有道是："不如意事常八九。"哪里事事都会让你称心如意呢？到了下班以后，有如倦鸟还巢一般，带着一身疲惫，满怀喜悦，回到自己家里。这是一个真正的安身立命之处，在这里人们主要祈求的就是温馨。有父母的，向老人问寒问暖，老少都感到温馨；有子女的，同孩子谈上几句，亲子都感到温馨；夫妻说上几句悄悄话，男女都感到温馨。当是时也，白天一天操劳身心两方面的倦意，间或有心中的愤懑，工作中或竞争中偶尔的挫折，在处理事务中或人际关系中碰的一点小钉子，如此等等，都会烟消云散，代之而兴的是融融的愉悦。总之，感到的是不能用任何语言表达的温馨。

你还可以便装野服，落拓形迹。白天在外面有时不得不戴着的假面具，完全可以甩掉。有时不得不装腔作势，以求得能适应应对进退的所谓礼貌，也统统可以丢开，还你一个本来面目，圆通无碍，纯然真我。天下之乐宁有过于此者乎？所有这一切都来自家庭中真正的温馨。

但是，是不是每一个家庭都是温馨天成、唾手可得呢？不，不，绝不是的。家庭中虽有夫妻关系、亲子关系、血缘关系，但是，所有这一些关系，都不能保证温馨气氛必然出现。俗话说，锅碗瓢盆都会相撞。每个人的脾气不一样，爱好不一样，习惯不一样，信念不一样，而且人是活人，喜怒哀乐，时有突变的情况，情绪也有不稳定的时候，特别是在自己的亲人面前，更容易表露出来。有时候为一点芝麻绿豆大的小事，也会意见相左，处理不得法，也能产生龃龉。天天耳鬓厮磨，谁也不敢保证这种情况不会发生。

那么，我们应当怎么办呢？就我个人来看，处理这样清官难断的家务事，说难极难，说不难也颇易。只要能做到"真""忍"二字，虽不中，不远矣。"真"者，真情也。"忍"者，容忍也。我归纳成了几句顺口溜：相互恩爱，相互诚恳，相互理解，相互容忍，出以真情，不杂私心，家庭和睦，其乐无垠。

有人可能不理解，我为什么把容忍强调到这样的高度。要知道，容忍是中华美德之一。我们的往圣先贤，大都教导我们要容忍。民间谚语中，也有不少容忍的内容，教人忍让。有的说法，看似消极，实有积极意义，比如"忍辱负重"，韩信就是一个有名的例子。《唐书》记载，张公艺九世同居，唐高宗问他睦族之道，公艺提笔写了一百多个"忍"字递给皇帝。从那以后，姓张的多自命为"百忍家声"。佛家也十分强调忍辱之要义，经中有很多忍辱仙人的故事。常言道："小不忍则乱大谋。"在家庭中则是"小不忍则乱家庭"。夫妻、父母、子女之间，有时难免有不同的意见，如果一方发点小脾气，你让他（她）一下，风暴便可平息。等到他（她）心态平衡以后，自己会认错的。此时，如果你也不冷静，火冒三丈，轻则动嘴，重则动手，最终可能告到法庭，宣判离婚，岂不大可哀哉！父母兄弟姊妹之间，也有同样的情况。结果，一个好端端的家庭会弄得分崩离析。这轻则会影响你暂时的情绪，重则影响你的生命前途。难道我这是危言耸听吗？

总之，温馨是家庭不可或缺的气氛，而温馨则是需要培养的。培养之道，不出两端，一真一忍而已。

1998 年 10 月 23 日

# 生命冥想

　　我从来不相信什么神话，但是现在我真想相信起来，我真希望有一个天国。可是我知道，须弥山已经为印度人所独占，他们把自己的天国乐园安放在那里。昆仑山又为中国人所垄断，王母娘娘就被安顿在那里。我现在只能希望在辽阔无垠的宇宙中间还能有那么一块干净的地方，能容得下一个阆苑乐土。那里有四时不谢之花、八节长春之草，大地上一切花草的魂魄都永恒地住在那里，随时、随地都是花团锦簇，五彩缤纷。我们燕园中被无端砍伐了的西府海棠的魂灵也遨游其间。

　　朦胧，微明，正像反射在镜子里的影子，它给一切东西涂上银灰的梦的色彩。牛乳色的空气仿佛真牛乳似的凝结起来，但似乎又在软软地黏黏地浓浓地流动里。它带来了阒静，你听：一切静静，墓般的死寂。仿佛一点也不多，一点也不少，优美的轻适的阒静软软地黏黏地浓浓地压在人们的心头，灰的天空像一张薄幕；树木，房屋，烟纹，云缕，都像一张张的剪影，静静地贴在这幕上。

在这微白的长长的路的终点，在雾的深处，谁也说不清是什么地方，有一个充满了威吓的黑洞，在向我们狞笑，那就是我们的归宿。障在我们眼前的幕，到底也不会撤去。我们眼前仍然只有当前一刹那的亮，带了一个大混沌，走进这个黑洞去。

我总觉得，在无量的——无论在空间上或时间上——宇宙进程中，我们有这次生命，不是容易事；比电火还要快，一闪便会消逝到永恒的沉默里去。我们不要放过这短短的时间，我们要多看一些东西。就因了这点小小的愿望，我想到外国去。

我看了在豆棚瓜架下闲话的野老，看了在一天工作疲劳之余在门前悠然吸烟的农人，都引起我极大的向往。我真不愿意离开这故国，这故国每一方土地，每棵草木，都能给我温热的感觉。但我终于要走的，沿了自己在心里画下的一条路走。我只希望，当我从异邦转回来的时候，我能看到一个一切都不变的故国，一切都不变的故乡，使我感觉不到曾这样长的时间离开过它，正如从一个短短的午梦转来一样。

天地萌生万物，对包括人在内的动植物等有生命的东西，总是赋予一种极其惊人的求生存的力量和极其惊人的扩展蔓延的力量，这种力量大到无法抗御。只要你肯费力来观摩一下，就必然会承认这一点。现在摆在我面前的就是我楼前池塘里的荷花。且从几个勇敢的叶片跃出水面以后，许多叶片接踵而至。一夜之间，就出来了几十枝，而且迅速地扩散、蔓延。不到十几天的工夫，荷叶已经蔓延得遮蔽了半个池塘。从我撒种的地方出发，向东西南北四面扩展。我无法知道，荷花是怎样在深水淤泥里走动。反正从露出水面的荷叶来看，每天至少要走半尺的距离，才能形成眼前这个局面。

我仿佛觉得这棵丝瓜有了思想，像达摩老祖一样，面壁参禅；它能让无法承担重量的瓜停止生长；它能给处在有利地形的大瓜找到承担重量的地方，给这样的瓜特殊待遇，让它们疯狂地长；它能让悬垂的瓜平身躺下。如果不是这样的话，无论如何也无法解释我上面谈到的现象。但是，如果真是这样的话，又实在令人难以置信。丝瓜用什么来思想呢？丝瓜靠什么来指导自己的行动呢？上下数千年，纵横几万里，从来也没有人说过，丝瓜会有思想。我左考虑，右考虑，越考虑越糊涂。我无法同丝瓜对话，这是一个沉默的奇迹。瓜秧仿佛成了一根神秘的绳子，绿叶上照旧浓翠扑人眉宇。我站在丝瓜下面，陷入梦幻。而丝瓜则似乎心中有数，无言静观，它怡然，泰然，悠然，坦然，仿佛含笑面对秋阳。

它们鼓动了我当时幼稚的幻想，把我带到动物世界里，植物的世界里，月的国，虹的国里翱翔。不止一次地，我在幻想里看到生着金色翅膀的天使在一团金色的光里飞舞。终于自己也仿佛加入到里面去，一直到忘记了哪是天使，哪是自己。这些天使就这样一直陪我到梦里去。

当时对我来说，外语是一种非常神奇的东西。我认为，方块字是天经地义，不用方块字，只弯弯曲曲像蚯蚓爬过的痕迹一样，居然能发出音来，还能有意思，简直是不可思议。越是神秘的东西，便越有吸引力，英文对于我就有极大的吸引力。每次回忆学习英文的情景时，我眼前总有一团零乱的花影，是绛紫色的芍药花。原来在校长办公室前的院子里有几个花畦，春天一到，芍药盛开，都是绛紫色的花朵。白天走过那里，紫花绿叶，极为分明。到了晚上，英文课结束后，再走过那个院子，紫花与绿叶化成一个颜色，朦朦胧胧的一堆一团，因为有白天的印象，所以还知道它们的颜色。但夜晚眼前却只能看到花影，鼻子似乎有点花香而已。这一幅情景伴随了我一生，只要是一想起学习英文，这一幅美妙无比的情景就浮现到眼前来，带给我无量的幸福与快乐。

在我们的日常生活中，都有这样一个经验：越是看惯了的东西，便越是习焉不察，美丑都难看出。这种现象在心理学上是容易解释的：一定要同客观存在的东西保持一定的距离，才能客观地去观察。难道我们就不能有意识地去改变这种习惯吗？难道我们就不能永远用新的眼光去看待一切事物吗？我想自己先试一试看，果然有神奇的效果。我现在再走过荷塘看到槐花，努力在自己的心中制造出第一次见到的幻想，我不再熟视无睹，而是尽情地欣赏。槐花也仿佛是得到了知己，大大小小、高高低低的洋槐，似乎在喃喃自语，又对我讲话。周围的山石树木，仿佛一下子活了起来，一片生机，融融氤氲。荷塘里的绿水仿佛更绿了，槐树上的白花仿佛更白了，人家篱笆里开的红花仿佛更红了。风吹，鸟鸣，都洋溢着无限生气。一切眼前的东西联在一起，汇成了宇宙的大欢畅。

# 老年十忌

我已经在本栏写过谈老年的文章，意犹未尽，再写"十忌"。

忌，就是禁忌，指不应该做的事情。人的一生，都有一些不应该做的事情，这是共性。老年是人生的一个阶段，有一些独特的不应该做的事情，这是特性，老年禁忌不一定有十个。我因受传统的"十全大补""某某十景"之类的"十"字迷的影响，姑先定为十个。将来或多或少，现在还说不准。骑驴看唱本，走着瞧吧。

## 一忌：说话太多

说话，除了哑巴以外，是每人每天必有的行动。有的人喜欢说话，有的人不喜欢，这决定于一个人的秉性，不能强求一律。我在这里讲忌说话太多，并没有"祸从口出"或"金人三缄其口"的含义。说话惹祸，不在话多话少，有时候，一句话就能惹大祸。口舌惹祸，也不限于老年人，中年和青年都可能由此致祸。

我先举几个例子。

某大学有一位老教授，道德文章，有口皆碑。虽年逾耄耋，而思维敏锐，说话极有条理。不足之处是：一旦开口，就如悬河泄水，滔滔不绝；又如开了闸，再也关不住，水不断涌出。在那个大学里流传着一个传说：在学校召开的会上，某老一开口发言，有的人就退席回家吃饭，饭后再回到会场，某老谈兴正浓。据说有一次博士生答辩会，规定开会时间为两个半小时，某老参加，一口气讲了两个小时，这个会会是什么结果，答辩委员会的主席会有什么想法和措施，他会怎样抓耳挠腮，坐立不安，概可想见了。

另一个例子是一位著名的敦煌画家。他年轻的时候，头脑清楚，并不喜欢说话。一进入老境，脾气大变，也许还有点老年痴呆症的原因，说话既多又不清楚。有一年，在北京国家图书馆新建的大礼堂中召开中国敦煌吐鲁番学会的年会，开幕式必须请此老讲话。我们都知道他有这个毛病，预先请他夫人准备了一个发言稿，简洁而扼要，塞入他的外衣口袋里，再三叮嘱他，念完就退席。然而，他一登上主席台就把此事忘得一干二净，摆开架子，开口讲话，听口气是想从开天辟地讲起，如果讲到那一天的会议，中间至少有三千年的距离，主席有点沉不住气了。我们连忙采取紧急措施，把他夫人请上台，从他口袋里掏出发言稿，让他照念，然后下台如仪，会议才得以顺利进行。

类似的例子还可以举出一些来，我不再举了。根据我个人的观察，不是每一个老人都有这个小毛病，有的人就没有。我说它是"小毛病"，其实并不小。试问，我上面举出的开会的例子，难道那还不会制造极为尴尬的局面吗？当然，话又说了回来，爱说长话的人并不限于老年，中青年都有，不过以老年为多而已。因此，我编了四句话，奉献给老人：年老之人，血气已衰；煞车失灵，戒之在说。

## 二忌：倚老卖老

20 世纪 50 年代和 60 年代前期，中国政治生活还比较正常的时候，周恩来招待外宾后，有时候会把参加招待的中国同志在外宾走后留下来，谈一谈招待中有什么问题或纰漏，有点总结经验的意味。这时候刚才外宾在时严肃的场面一变而为轻松活泼，大家都争着发言，谈笑风生，有时候一直谈到深夜。

有一次，总理发言时使用了中国常见的"倚老卖老"这个词儿。翻译一时有点迟疑，不知道怎样恰如其分地译成英文。总理注意到了，于是在客人走后就留下中国同志，议论如何翻译好这个词儿。大家七嘴八舌，最终也没能得出满意的结论。我现在查了两部《汉英词典》，都把这个词儿译为：To take advantage of one's seniority or old age。意思是利用自己的年老，得到某一些好处，比如脱落形迹之类。我认为基本能令人满意的；但是"达到脱落形迹的目的"，似乎还太狭隘了一点，应该是"达到对自己有利的目的"。

人世间确实不乏"倚老卖老"的人，学者队伍中更为常见。眼前请大家自己去找。我讲点过去的事情，故事就出在清吴敬梓的《儒林外史》中。吴敬梓有刻画人物的天才，着墨不多，而能活灵活现。第十八回，他写了两个时文家。胡三公子请客：

> 四位走进书房，见上面席间先坐着两个人，方巾白须，大模大样，见四位进来，慢慢立起身。严贡生认得，便上前道："卫先生、随先生都在这里，我们公揖。"当下作过了揖，请诸位坐。那卫先生、随先生也不谦让，仍旧上席坐了。

倚老卖老，架子可谓十足。然而本领却并不怎么样，他们的诗，"且夫""尝谓"都写在内，其余也就是文章批语上采下来的几个字眼。一直到今天，倚老卖老、摆老架子的人大都如此。

平心而论，人老了，不能说是什么好事，老态龙钟，惹人厌恶；但也不能说是什么坏事。人一老，经验丰富，识多见广。他们的经验，有时会对个人甚至对国家是有些用处的。但是，这种用处是必须经过事实证明的，自己一厢情愿地认为有用处，是不会取信于人的。另外，根据我个人的体验与观察，一个人，老年人当然也包括在里面，最不喜欢别人瞧不起他。一感觉到自己受了怠慢，心里便不是滋味，甚至怒从心头起，拂袖而去。有时闹得双方都不愉快，甚至结下怨仇。这是完全要不得的。一个人受不受人尊敬，完全决定了你有没有值得别人尊敬的地方。在这里，摆架子，倚老卖老，都是枉然的。

# 三忌：思想僵化

人一老，在生理上必然会老化；在心理上或思想上，就会僵化。此事理之所必然，不足为怪。要举典型，有鲁迅的九斤老太在。

从生理上来看，人的躯体是由血、肉、骨等物质的东西构成的，是物质的东西就必然要变化、老化，以至消逝。生理的变化和老化必然影响心理或思想，这是无法抗御的。但是，变化、老化或僵化却因人而异，并不能一视同仁。有的人早，有的人晚；有的人快，有的人慢。所谓老年痴呆症，只是老化的一个表现形式。

空谈无补于事，试举一标本，加以剖析。远在天边，近在眼前，标本就是我自己。

我已届九旬高龄，古今中外的文人能活到这个年龄者只占极少数。我不相信这是由于什么天老爷、上帝或佛祖的庇佑，而是享了新社会的福。现在，我目虽不太明，但尚能见物；耳虽不太聪，但尚能闻声。看来距老年痴呆和八宝山还有一段距离，我也还没有这样的计划。

但是，思想僵化的迹象我也是有的。我的僵化同别人或许有点不同：它一半自然，一半人为；前者与他人共之，后者则为我所独有。

我不是九斤老太一党，我不但不认为"一代不如一代"，而且确信"雏凤清于老凤声"。可是最近几年来，一批"新人类"或"新新人类"脱颖而出，他们好像是一批外星人，他们的思想和举止令我迷惑不解，惶恐不安。这算不算是自然的思想僵化呢？

至于人为的思想僵化，则多一半是一种逆反心理在作祟。就拿穿中山装来做例子，我留德十年，当然是穿西装的。新中国成立以后，我仍然有时改着西装。可是改革开放以来，不知从哪儿吹来了一股风，一夜之间，西装遍神州大地矣。我并不反对穿西装；但我不承认西装就是现代化的标志，而且打着领带锄地，我也觉得滑稽可笑。于是我自己就"僵化"起来，从此再不着西装，国内国外，大小典礼，我一律蓝色卡其布中山装一袭，以不变应万变矣。

还有一个"化"，我不知道怎样称呼它。世界科技进步，一日千里，没有科技，国难以兴，事理至明，无待赘言。科技给人类带来的幸福，也是有目共睹的。但是，它带来了危害，也无法掩饰。世界各国现在都惊呼环保，环境污染难道不是科技发展带来的吗？犹有进者。我突然感觉到，科技好像是龙虎山张天师镇妖瓶中放出来的妖魔，一旦放出来，你就无法控制。只就克隆技术一端言之，将来能克隆人，指日可待。一旦实现，则人类社会迄今行之有效的法律准则和伦理规范必遭破坏。将来的人类社会变成什么样的社会呢？我有点不寒而栗。这似乎不尽属于"僵化"范畴，但又似乎与之接近。

# 四忌：不服老

服老，《现代汉语词典》的解释："承认年老"，可谓简明扼要。人上了年纪，是一个客观事实，服老就是承认它，这是唯物主义的态度。反之，不承认，也就是不服老倒迹近唯心了。

中国古代的历史记载和古典小说中，不服老的例子不可胜数，尽人皆知，无须列举。但是，有一点我必须在这里指出来：古今论者大都为不服老唱赞歌，这有点失于偏颇，绝对地无条件地赞美不服老，有害无益。

空谈无补，举几个实例，包括我自己。

1949 年春夏之交，解放军进城还不太久，忘记了是出于什么原因，毛泽东的老师徐特立约我在他下榻的翠明庄见面。我准时赶到，徐老当时年已过八旬，从楼上走下，卫兵想去扶他，他却不停地用胳膊肘捣卫兵的双手，一股不服老的劲头至今给我留下了难忘的印象。

再一个例子是北大 20 年代的教授陈翰笙先生。陈先生生于1896 年，跨越了三个世纪，至今仍然健在。他晚年病目失明，但这丝毫也没有影响他的活动，有会必到。有人去拜访他，他必把客人送到电梯门口。有时还会对客人伸一伸胳膊，踢一踢腿，表示自己有的是劲儿。前几年，每天还安排时间教青年英文，分文不取。这样的不服老我是钦佩的。

也有人过于服老。年不到五十，就不敢吃蛋黄和动物内脏，怕胆固醇增高。这样的超前服老，我是不敢钦佩的。

至于我自己，我先讲一段经历。是在 1995 年，当时我已经达到了八十四岁高龄。然而我却丝毫没有感觉到，不知老之已至，正处在平生写作的第二个高峰中。每天跑一趟大图书馆，几达两年之久，风雪无阻。我已经有点忘乎所以了。一天早晨，我照例四点半起床，到东边那一单元书房中去写作。一转瞬间，肚子里向我发出信号：该填一填它了。一看表，已经六点多了。于是我放下笔，准备回西房吃早点。可是不知是谁把门从外面锁上了，里面开不开。我大为吃惊，回头看到封了顶的阳台上有一扇玻璃窗可以打开。于是我不假思索，立即开窗跳出，从窗口到地面约有一米八高。我一堕地就跌了一个大马趴，脚后跟有点痛。旁边就是洋灰台阶的角，如果脑袋碰上，后果真不堪设想，我后怕起来了。我当天上下午都开了会，第二天又长驱数百里到天津南开大学去做报告。脚已经肿了起来。第三天，到校医院去检查，左脚跟有点破裂。

我这样的不服老，是昏聩糊涂的不服老，是绝对要不得的。

我在上面讲了不服老的可怕，也讲到了超前服老的可笑。然则何去何从呢？我认为，在战略上要不服老，在战术上要服老，二者结合，庶几近之。

## 五忌：无所事事

这是一个比较复杂的问题，必须细致地加以分析，区别对待，不能一概而论。

达官显宦，在退出政治舞台之后，幽居府邸，"庭院深深深几许"，我辈槛外人无法窥知，他们是无所事事呢，还是有所事事，无从谈起，姑存而不论。

富商大贾，一旦钱赚够了，年纪老了，把事业交给儿子、女儿或女婿，他们是怎样度过晚年的，我们也不得而知，我们能知道的只是钞票不能拿来炒着吃。这也姑且存而不论。

说来说去，我所能够知道的只是工、农和知识分子这些平头老百姓。中国古人说："一事不知，儒者之耻。"今天，我这个"儒者"却无论如何也没有胆量说这样的大话。我只能安分守己，夹起尾巴来做人，老老实实地只谈论老百姓的无所事事。

我曾到过承德，就住在避暑山庄对面的一个旅馆里。每天清晨出门散步，总会看到一群老人，手提鸟笼，把笼子挂在树枝上，自己则分坐在山庄门前的石头上，"闲坐说玄宗"。一打听，才知道他们多是旗人，先人是守卫山庄的八旗兵，而今老了，无所事事，只有提鸟笼子。试思：他们除了提鸟笼子外还能干什么呢？他们这种无所事事，不必探究。

北大也有一批退休的老工人，每日以提鸟笼为业。过去他们常聚集在我住房附近的一座石桥上，鸟笼也是挂在树枝上，笼内鸟儿放声高歌，清脆嘹亮。我走过时，也禁不住驻足谛听，闻而乐之。这一群工人也可以说是无所事事，然而他们又怎样能有所事事呢？

现在我只能谈我自己也是其中一分子，因而我最了解情况的知识分子。国家给年老的知识分子规定了退休年龄，这是合情合理的，应该感激的。但是，知识分子行当不同，身体条件也不相同。是否能做到老有所为，完全取决于自己，不取决于政府。自然科学和技术，我不懂，不敢瞎说。至于人文社会科学，则我是颇为熟悉的。一般来说，社会科学的研究不靠天才火花一时的迸发，而靠长期积累。一个人到了六十多岁退休的关头，往往正是知识积累和资料积累达到炉火纯青的时候。一旦退下，对国家和个人都是一个损失。有进取心有干劲者，可能还会继续干下去的。可是大多数人则无所事事。我在南北几个大学中都听到了有关"散步教授"的说法，就是一个退休教授天天在校园里溜达，成了全校著名的人物。我没同"散步教授"谈过话，不知道他们是怎样想的。估计他们也不会很舒服。锻炼身体，未可厚非。但是，整天这样"锻炼"，不也太乏味太单调了吗？学海无涯，何妨再跳进去游泳一番，再扎上两个猛子，不也会身心两健吗？蒙田说得好："如果大脑有事可做，有所制约，它就会在想象的旷野里驰骋，有时就会迷失方向。"

## 六忌：提当年勇

我做了一个梦。

我驾着祥云或别的什么云，飞上了天宫，在凌霄宝殿多功能厅里，参加了一个务虚会。第一个发言的是项羽。他历数早年指挥雄师数十万，横行天下，各路诸侯皆俯首称臣，他是诸侯盟主，颐指气使，没有敢违抗者。鸿门设宴，吓得刘邦像一只小耗子一般。说到尽兴处，手舞足蹈，唾沫星子乱溅。这时忽然站起来了一位天神，问项羽："四面楚歌、乌江自刎是怎么一回事呀？"项羽立即垂下了脑袋，仿佛是一个泄了气的皮球。

第二个发言的是吕布，他手握方天画戟，英气逼人。他放言高论，大肆吹嘘自己怎样戏貂蝉，杀董卓，为天下人民除害；虎牢关力敌关、张、刘三将，天下无敌。正吹得眉飞色舞，一名神仙忽然高声打断了他的发言："白门楼上向曹操下跪，恳求饶命，大耳贼刘备一句话就断送了你的性命，是怎么一回事呢？"吕布面色立变，流满了汗，立即下台，像一只斗败了的公鸡。

第三个发言的是关羽。他久处天宫，大地上到处都有关帝庙，房子多得住不过来。他威仪俨然，放不下神架子。但发言时，一谈到过五关斩六将，用青龙偃月刀挑起曹操捧上的战袍时，便不禁圆睁丹凤眼，猛抖卧蚕眉，兴致淋漓，令人肃然。但是又忽然站起了一位天官，问道："夜走麦城是怎么一回事呢？"关公立即放下神架子，神色仓皇，脸上是否发红，不得而知，因为他的脸本来就是红的。他跳下讲台，在天宫里演了一出夜走麦城。

我听来听去，实在厌了，便连忙驾祥云回到大地上，正巧落在绍兴，又正巧阿Q被小D抓住辫子往墙上猛撞，阿Q大呼："我从前比你阔得多了！"可是小D并不买账。

谁一看都能知道，我的梦是假的。但是，在芸芸众生中，特别是在老年中，确有一些人靠自夸当年勇来过日子。我认为，这也算是一种自然现象。争胜好强也许是人类的一种本能。但一旦年老，争胜有心，好强无力，便难免产生一种自卑情结。可又不甘心自卑，于是只有自夸当年勇一途，可以聊以自慰。对于这种情况，别人是爱莫能助的。"解铃还须系铃人"，只有自己随时警惕。

现在有一些得了世界冠军的运动员有一句口头禅：从零开始。意思是，不管冠军或金牌多么灿烂辉煌，一旦到手，即成过去，从现在起又要从零开始了。

我觉得，从零开始是唯一正确的想法。

## 七忌：自我封闭

这里专讲知识分子，别的界我不清楚。但是，行文时也难免涉及社会其他阶层。

中国古人说："人生识字忧患始。"其实不识字也有忧患。道家说，万物方生方死。人从生下的一刹那开始，死亡的历程也就开始了。这个历程可长可短，长可能到一百年或者更长，短则几个小时、几天。少年夭折者有之，英年早逝者有之，中年弃世者有之，好不容易，跌跌撞撞，坎坎坷坷，熬到了老年，早已心力交瘁了。

能活到老年，是一种幸福，但也是一种灾难。并不是每一个人都能活到老年，所以说是幸福；但是老年又有老年的难处，所以说是灾难。

老年人最常见的现象或者灾难是自我封闭。封闭，有行动上的封闭，有思想感情上的封闭，形式和程度又因人而异。老年人有事理广达者，有事理欠通达者。前者比较能认清宇宙万物以及人类社会发展的规律，了解到事物的改变是绝对的，不变是相对的，千万不要要求事物永恒不变。后者则相反，他们要求事物永恒不变；即使变，也是越变越坏，上面讲到的九斤老太就属于此类人。这一类人，即使仍然活跃在人群中，但在思想感情方面，他们却把自己严密地封闭起来了。这是最常见的一种自我封闭的形式。

空言无益，试举几个例子。

我在高中读书时，有一位教经学的老师，是前清的秀才或举人。"五经"和"四书"背得滚瓜烂熟，据说还能倒背如流。他教我们《书经》和《诗经》，从来不带课本，业务是非常熟练的。

可学生并不喜欢他。因为他张口闭口："我们大清国怎样怎样。"学生就给他起了一个诨名"大清国"，他真实的姓名反隐而不彰了。我们认为他是老顽固，他认为我们是新叛逆。我们中间不是代沟，而是万丈深渊，是他把自己完全封闭起来了。

再举一个例子。我有一位老友，写过新诗，填过旧词，毕生研究中国文学史，都达到了相当高的水平。他为人随和，性格开朗，并没有什么乖僻之处。可是，到了最近几年，突然产生了自我封闭的现象，不参加外面的会，不大愿意见人，自己一个人在家里高声唱歌。我曾几次以老友的身份，劝他出来活动活动，他都婉言拒绝。他心里是怎样想的，至今对我还是一个谜。

我认为，老年人不管有什么形式的自我封闭现象，都是对个人健康不利的。我奉劝普天下老年人力矫此弊。同青年人在一起，即使是"新新人类"吧，他们身上的活力总会感染老年人的。

## 八忌：叹老嗟贫

叹老嗟贫，在中国的读书人中，是常见的现象，特别是所谓怀才不遇的人们中，更是特别突出。我们读古代诗文，这样的内容随时可见。在现代的知识分子中，这种现象比较少见了，难道这也是中国知识分子进化或进步的一种表现吗？

我认为，这是一个十分值得研究的课题。它是中国知识分子学和中西知识分子比较学的重要内容。

我为什么又拉扯上了西方知识分子呢？因为他们与中国的不同，是现成的参照系。

西方的社会伦理道德标准同中国不同，实用主义色彩极浓。一个人对社会有能力做贡献，社会就尊重你。一旦人老珠黄，对社会没有用了，社会就丢弃你，包括自己的子孙也照样丢弃了你，社会舆论不以为忤。当年我在德国哥廷根时，章士钊的夫人也同儿子住在那里，租了一家德国人的三楼居住。我去看望章伯母时，走过二楼，经常看到一间小屋关着门，门外地上摆着一碗饭，一丝热气也没有。我最初认为是喂猫或喂狗用的。后来一打听，才知道是给小屋内卧病不起的母亲准备的饭菜。同时，房东还养了一条大狼狗，一天要吃一斤牛肉。这种天上人间的情况无人非议，连躺在小屋内病床上的老太太大概也会认为所有这一切都是顺理成章的吧。

在这种狭隘的实用主义大潮中，西方的诗人和学者极少极少写叹老嗟贫的诗文。同中国比起来，简直不成比例。

在中国，情况则大大的不同。中国知识分子一向有"学而优则仕"的传统。过去一千多年以来，仕的途径只有一条，就是科举。"千军万马过独木桥"，所有的读书人都拥挤在这一条路上，从秀才—举人向上爬，爬到进士参加殿试，僧多粥少，极少数极幸运者可以爬完全程，"仕宦而至将相，富贵而归故乡"，达到这个目的万中难得一人。大家只要读一读《儒林外史》，便一目了然。在这样的情况下，倘若科举不利，老而又贫，除了叹老嗟贫以外，实在无路可走了。古人说："诗必穷而后工"，其中"穷"字也有科举不利这个含义。古代大官很少有好诗文传世，其原因实在耐人寻味。

今天，时代变了。但是"学而优则仕"的幽灵未泯，学士、硕士、博士、院士代替了秀才、举人、进士、状元。骨子里并没有大变。在当今知识分子中，一旦有了点成就，便立即戴上一顶乌纱帽，这现象难道还少见吗？

今天的中国社会已能跟上世界潮流，但是，封建思想的残余还不容忽视。我们都要加以警惕。

# 九忌：老想到死

好生恶死，为所有生物之本能。我们只能加以尊重，不能妄加评论。

作为万物之灵的人，更是不能例外。俗话说："黄泉路上无老少。"可是人一到了老年，特别是耄耋之年，离那个长满了野百合花的地方越来越近了，此时常想到死，更是非常自然的。

今人如此，古人何独不然！中国古代的文学家、思想家、骚人、墨客大都关心生死问题。根据我个人的思考，各个时代是颇不相同的。两晋南北朝时期似乎更为关注。粗略地划分一下，可以分为三派。

第一派对死十分恐惧，而且十分坦荡地说了出来。这一派可以江淹为代表。他的《恨赋》一开头就说："试望平原，蔓草萦骨，拱木敛魂。人生到此，天道宁论。"最后几句话是："自古皆有死，莫不饮恨而吞声。"话说得再清楚不过了。

第二派可以"竹林七贤"为代表。《世说新语·任诞等二十三》第一条就讲到阮籍、嵇康、山涛、刘伶、阮咸、向秀和王戎"常集于竹林之中，肆意酣畅"。这是一群酒徒。其中最著名的刘伶命人荷锸跟着他，说："死便埋我！"对死看得十分豁达。实际上，情况正相反，他们怕死怕得发抖，聊作姿态以自欺欺人耳。其中当然还有逃避残酷的政治迫害的用意。

第三派可以陶渊明为代表。他的意见具见他的诗《神释》中，诗中有这样的话："老少同一死，贤愚无复数。日醉或能忘，将非促龄具！立善常所欣，谁当为汝誉？甚念伤吾生，正宜委运去。纵浪大化中，不喜亦不惧。应尽便须尽，无复独多虑。"他反对酗酒麻醉自己，也反对常想到死。我认为，这是最正确的态度。最后四句诗成了我的座右铭。

我在上面已经说到，老年人想到死，是非常自然的。关键是：想到以后，自己抱什么态度。惶惶不可终日，甚至饮恨吞声，最要不得，这样必将成陶渊明所说的"促龄具"。最正确的态度是顺其自然，泰然处之。

鲁迅不到五十岁，就写了有关死的文章。王国维则说："五十之年，只欠一死。"结果投了昆明湖。我之所以能泰然处之，有我的特殊原因。"文革"中，我已走到过死亡的边缘上，一个千钧一发的偶然性救了我。从那以后，多活一天，我都认为是多赚的。因此就比较能对死从容对待了。

我在这里诚挚奉劝普天之下的年老又通达事情的人，偶尔想一下死，是可以的，但不必老想。我希望大家都像我一样，以陶渊明《神释》诗最后四句为座右铭。

## 十忌：愤世嫉俗

愤世嫉俗这个现象，没有时代的限制，也没有年龄的限制。古今皆有，老少具备，但以年纪大的人为多。它对人的心理和生理都有很大的危害，也不利于社会的安定团结。

世事发生必有其因。愤世嫉俗的产生也自有其原因。归纳起来，约有以下诸端：

首先，自古以来，任何时代，任何朝代，能完全满足人民大众的愿望者，绝对没有。不管汉代的文景之治怎样美妙，唐代的贞观之治和开元之治怎样理想，宫廷都难免腐败，官吏都难免贪污，百姓就因而难免不满，其尤甚者就是愤世嫉俗。

其次，"学而优则仕"达不到目的，特别是科举时代名落孙山者，人不在少数，必然愤世嫉俗。这在中国古代小说中可以找出不少的典型。

再次，古今中外都不缺少自命天才的人。有的真有点天才或者才干，有的则只是个人妄想，但是别人偏不买账，于是就愤世嫉俗。其尤甚者，如西方的尼采要"重新估定一切价值"，又如中国的徐文长。结果无法满足，只好自己发了疯。

最后，也是最常见的，对社会变化的迅猛跟不上，对新生事物看不顺眼，是九斤老太一党；九斤老太不识字，只会说："一代不如一代"，识字的知识分子，特别是老年人，便表现为愤世嫉俗，牢骚满腹。

以上只是一个大体的轮廓，不足为据。

在中国文学史上，愤世嫉俗的传统，由来已久。《楚辞》的"黄钟毁弃，瓦釜雷鸣"等语就是最早的证据之一。以后历代的文人多有愤世嫉俗之作，形成了知识分子性格上的一大特点。

我也算是一个知识分子，姑以我自己为麻雀，加以剖析。愤世嫉俗的情绪和言论，我也是有的。但是，我又有我自己的表现方式。我往往不是看到社会上的一些不正常现象而牢骚满腹，怪话连篇，而是迷惑不解，惶恐不安。我曾写文章赞美过代沟，说代沟是人类进步的象征。这是我真实的想法。可是到了目前，我自己也傻了眼，横亘在我眼前的像我这样老一代人和一些"新人类""新新人类"之间的代沟，突然显得其阔无限，其深无底，简直无法逾越了，仿佛把人类历史断成了两截。我感到恐慌，我不知道这样发展下去将伊于胡底。我个人认为，这也是愤世嫉俗的一种表现形式，是要不得的；可我一时又改变不过来，为之奈何！

我不知道，与我想法相同或者相似的有没有人在，有的话，究竟有多少人。我想来想去，觉得还是毛泽东的两句诗好："牢骚太盛防肠断，风物常宜放眼量。"

2000 年 2 月 22 日

# 老马识途

　　无论是在文章中，还是在口头上，"老马识途"是常常使用的一个典故。由于使用的频率颇高，因此而变成了一句俗语。

　　这个典故的出处是《韩非子·说林上》，与管仲和齐桓公有关。有一次，齐桓公伐孤竹，"春往冬反，迷惑失道。管仲曰：'老马之智可用也。'乃放老马而随之，遂得道。"不管历史事实怎样，老马的故事是绝对可信的。不但马能识途，连驴、骡、猫、狗等动物都有识途的本领或者本能。

　　但是，切不可迷信。

　　在古代，老马等之所以能够识途，因为它们老走同一条道路，而古代道路的变化很少，道路两旁的建筑物变化也不会大。久而久之，这些牲畜们就记住了。只要把缰绳放开，让它们自由行动，它们必然能找到回家的道路。也许这些牲畜们还有什么"特异功能"，我没有研究过，暂且不说。

　　但是，人类社会前进的速度越来越快，道路和建筑物的变化也越来越大。到了今天，简直一日数变。住在大城市里的人，三天不出门，再一出门，就有可能认不清街道。原来是一片空地，现在却像幻术一样，突然矗立在你的眼前的是一座摩天高楼。原来是一条羊肠小道，现在却突然变成了一条柏油马路。会晕头转向，这不必说了。即使老马一流的动物真有"特异功能"，也将无所用其技了。

我就有一个亲身的经验。有一天，我走出北大南门到黄庄邮局去，我在海淀已经住了将近半个世纪，是这里的一匹地地道道的"老马"。我也颇有自信，即使把我的眼蒙住，我也能够找回家来。然而，这一回我却出了丑，现了眼。我走了一条新路，一走出去，是一条大马路，车如流水马如龙。我一时傻了眼：这是什么地方呀？我的黄庄在哪里呀！我一时目眩口呆，只觉得天昏地转，大有白天"鬼挡墙"之感。我好不容易定了定神，猛抬头看到马路上驶过去的332路公共汽车，我才如梦方醒，终于安全地走回到了学校。

像我这样一匹"老马"，脑筋是"难得糊涂"的，眼耳都还能准确地使用，然而在距北大咫尺之地竟然栽了这样一个跟头，这个跟头在我心中摔出了一个"顿悟"。我悟到，千万不要再迷信老马识途，千万不要在任何方面，包括研究学问方面以老马自居。到了现在，我觉得倒是"小马识途"。因为年轻人无所蔽，无所惧，常常出门，什么摩天大楼，什么柏油马路，在他们眼中都很平常。

我们这些"老马"千万要向"小马"学习。

# 八十述怀

　　我从来没有想到，我能活到八十岁；如今竟然活到了八十岁，然而又一点也没有八十岁的感觉。岂非咄咄怪事！

　　我向无大志，包括自己活的年龄在内。我的父母都没有活过五十，因此，我自己的原定计划是活到五十。这样已经超过了父母，很不错了。不知怎么一来，宛如一场春梦，我活到了五十岁。那里正值所谓三年困难时期，我流年不利，颇挨了一阵子饿。但是，我是"曾经沧海难为水"，在第二次世界大战时，我正在德国，我经受了而今难以想象的饥饿的考验，以致失去了饱的感觉。我们那一点灾害，同德国比起来，真如小巫见大巫；我从而顺利地度过了那一场灾害，而且我当时的精神面貌是我一生中最好的时期，一点苦也没有感觉到，于不知不觉中冲破了我原定的年龄计划，度过了五十岁大关。

　　五十一过，又仿佛一场春梦似的，一下子就到了古稀之年，不容我反思，不容我踟蹰。其间跨越了"文革"。我当然是在劫难逃，被送进牛棚。我现在不知道应当感谢哪一路神灵：佛祖、上帝、安拉；由于一个万分偶然的机缘，我没有走上绝路，活下来了。活下来了，我不但没有感到特别高兴，反而时有悔愧之感在咬我的心。活下来了，也许还是有点好处的。我一生写作翻译的高潮，恰恰出现在这个期间。原因并不神秘：我获得了余裕和时间。在那期间，我被打得一佛出世，二佛升天。后来不打不骂了，我却变成了"不可接触者"。在很长时间内，我被分配挖大粪，看门房，守电话，发信件。没有以前的会议，没有以前的发言。没有人敢来找我，很少人有勇气同我谈上几句话。一两年内，没收到一封信。我服从任何人的调遣与指挥，只敢规规矩矩，不敢乱说乱动。然而我的脑筋还在，我的思想还在，我的感情还在，我的理智还在。我不甘心成为行尸走肉，我必须干点事情。二百多万字的印度大史诗《罗摩衍那》，就是在这时候译完的。"雪夜闭门写禁文"，自谓此乐不减羲皇上人。

又仿佛是一场缥缈的春梦，一下子就活到了今天，行年八十矣，是古人称之为耄耋之年了。倒退二三十年，我这个在寿命上胸无大志的人，偶尔也想到耄耋之年的情况：手拄拐杖，白须飘胸，步履维艰，老态龙钟。自谓这种事情与自己无关，所以想得不深也不多。哪里知道，自己今天就到了这个年龄了。今天是新年元旦，从夜里零时起，自己已是不折不扣的八十老翁了。然而这老景却真如古人诗中所说的"青霭入看无"，我看不到什么老景。看一看自己的身体，平平常常，同过去一样；看一看周围的环境，平平常常，同过去一样。金色的朝阳从窗子里流了进来，平平常常，同过去一样。楼前的白杨，确实粗了一点，但看上去也是平平常常，同过去一样。时令正是冬天叶子落尽了，但是我相信，它们正蜷缩在土里，做着春天的梦。水塘里的荷花只剩下残叶，"留得残荷听雨声"，现在雨没有了，上面只有白皑皑的残雪。我相信，荷花们也蜷缩在淤泥中，做着春天的梦。总之，我还是我，依然故我；周围的一切也依然是过去的一切……

我是不是也在做着春天的梦呢？我想，是的。我现在也处在严寒中，我也梦着春天的到来。我相信英国诗人雪莱的两句话："既然冬天已经到了，春天还会远吗？"我梦着楼前的白杨重新长出了浓密的绿叶；我梦着池塘里的荷花重新冒出了淡绿的大叶子；我梦着春天又回到了大地上。

可是我万万没有想到，"八十"这个数目字竟有这样大的威力，一种神秘的威力。"自己已经八十岁了！"我吃惊地暗自思忖。它逼迫着我向前看一看，又回头看一看。向前看，灰蒙蒙的一团，路不清楚，但也不是很长。确实没有什么好看的地方，不看也罢。

而回头看呢，则在灰蒙蒙的一团中，清晰地看到了一条路，路极长，是我一步一步地走过来的，这条路的顶端是在清平县的官庄。我看到了一片灰黄的土房，中间闪着苇塘里的水光，还有我大奶奶和母亲的面影。这条路延伸出来，我看到了泉城的大明湖。这条路又延伸出去，我看到了水木清华，接着又看到德国小城哥廷根斑斓的秋色，上面飘动着我那母亲似的女房东和祖父似的老教授的面影。路陡然又从万里之外折回到神州大地，我看到了红楼，看到了燕园的湖光塔影。令人泄气而且大煞风景的是，我竟又看到了牛棚的牢头禁子那一副牛头马面似的狞恶的面孔。再看下去，路就缩住了，一直缩到我的脚下。

在这一条十分漫长的路上，我走过阳关大道，也走过独木小桥。路旁有深山大泽，也有平坡宜人；有杏花春雨，也有塞北秋风；有山重水复，也有柳暗花明；有迷途知返，也有绝处逢生。路太长了，时间太长了，影子太多了，回忆太重了。我真正感觉到，我负担不了，也忍受不了，我想摆脱掉一切，还我一个自由自在身。

回头看既然这样沉重，能不能向前看呢？我上面已经说到，向前看，路不是很长，没有什么好看的地方。我现在正像鲁迅的散文诗《过客》中的一个过客。他不知道是从什么地方走来的，终于走到了老翁和小女孩的土屋前面，讨了点水喝。老翁看他已经疲惫不堪，劝他休息一下。他说："从我还能记得的时候起，我就在这么走，要走到一个地方去，这地方就在前面。我单记得走了许多路，现在来到这里了。我接着就要走向那边去……况且还有声音常在前面催促我，叫唤我，使我息不下。"那边，西边是什么地方呢？老人说："前面，是坟。"小女孩说："不，不，不的。那里有许多许多野百合，野蔷薇，我常常去玩，去看它们的。"

我理解这个过客的心情，我自己也是一个过客，但是却从来没有什么声音催着我走，而是同世界上任何人一样，我是非走不行的，不用催促，也是非走不行的。走到什么地方去呢？走到西边的坟那里，这是一切人的归宿。我记得屠格涅夫的一首散文诗里，也讲了这个意思。我并不怕坟，只是在走了这么长的路以后，我真想停下来休息片刻。然而我不能，不管你愿意不愿意，反正是非走不行。聊以自慰的是，我同那个老翁还不一样，有的地方颇像那个小女孩，我既看到了坟，也看到野百合和野蔷薇。

我面前还有多少路呢？我说不出，也没有仔细想过。冯友兰先生说："何止于米？相期以茶。""米"是八十八岁，"茶"是一〇八岁。我没有这样的雄心壮志，我是"相期以米"。这算不算是立大志呢？我是没有大志的人，我觉得这已经算是大志了。

我从前对穷通寿夭也是颇有一些想法的。"文革"以后，我成了陶渊明的志同道合者。他的一首诗，我很欣赏：

> 纵浪大化中，
>
> 不喜亦不惧。
>
> 应尽便须尽，
>
> 无复独多虑。

我现在就是抱着这种精神，昂然走上前去。只要有可能，我一定做一些对别人有益的事，绝不想成为行尸走肉。我知道，未来的路也不会比过去的更笔直、更平坦。但是我并不恐惧。我眼前还闪动着野百合和野蔷薇的影子。

1991 年 1 月 1 日

# 新年抒怀

除夕之夜，半夜醒来，一看表，是一点半钟，心里轻轻地一颤：又过去一年了。

小的时候，总希望时光快快流逝，盼过节，盼过年，盼迅速长大成人。然而，时光却偏偏好像停滞不前，小小的心灵里溢满了愤愤不平之气。

但是，一过中年，人生之车好像是从高坡上滑下，时光流逝得像电光一般。它不饶人，不了解人的心情，愣是狂奔不已。一转眼间，"两岸猿声啼不住，轻舟已过万重山"，滑过了花甲，滑过了古稀，少数幸运者或者什么者，滑到了耄耋之年。人到了这个境界，对时光的流逝更加敏感。年轻的时候考虑问题是以年计，以月计。到了此时，是以日计，以小时计了。

我是一个幸运者或者什么者，眼前正处在耄耋之年。我的心情不同于青年，也不同于中年，纷纭万端，绝不是三两句就能说清楚的。我自己也理不出一个头绪来。

过去的一年，可以说是我一生中最辉煌的年份之一。求全之毁根本没有，不虞之誉却多得不得了，压到我身上，使我无法消化，使我感到沉重。有一些称号，初戴到头上时，自己都感到吃惊，感到很不习惯。就在除夕的前一天，也就是前天，在新中国成立后第一次全国性国家图书奖会议上，在改革开放以来十几年的，包括文理法农工医以及军事等方面的五十一万多种图书中，在中宣部和财政部的关怀和新闻出版署的直接领导下，经过全国七十多位专家认真细致的评审，共评出国家图书奖四十五种。只要看一看这个比例数字，就能够了解获奖之困难。我自始至终参加了评选工作。至于自己同获奖有份，一开始时，我连做梦都没有梦到。然而结果我却有两部书获奖。在小组会上，我曾要求撤出我那一本书，评委不同意。我只能以不投自己的票的办法来处理此事。对这个结果，要说自己不高兴，那是矫情，那是虚伪，为我所不取。我更多地感觉到的是惶恐不安，感觉到惭愧。许多非常有价值的图书，由于种种原因，没有评上，自己却一再滥竽。这也算是一种机遇，也是一种幸运吧。我在这里还要补上一句：在旧年的最后一天的《光明日报》上，我读到老友邓广铭教授对我的评价，我也是既感且愧。

我过去曾多次说到，自己向无大志，我的志是一步步提高的，有如水涨船高。自己绝非什么天才，我自己评估是一个中人之才。如果自己身上还有什么可取之处的话，那就是，自己是勤奋的，这一点差堪自慰。我是一个富于感情的人，是一个自知文明超过需要的人，是一个思维不懒惰、脑筋永远不停地转动的人。我得利之处，恐怕也在这里。过去一年中，在我走的道路上，撒满了玫瑰花；到处是笑脸，到处是赞誉。我成为一个"很可接触者"。要了解我过去一年的心情，必须把我的处境同我的性格、同我内心的感情联系在一起。

现在写"新年抒怀"，我的"怀"，也就是我的心情，在过去一年我的心情是什么样子的呢？

首先是，我并没有被鲜花和赞誉冲昏了头脑，我的头脑是颇为清醒的。一位年轻的朋友说我似乎忘记了自己的年龄。这只是一个表面现象。尽管从表面上来看，我似乎是朝气蓬勃，在学术上野心勃勃，我揽的工作远远超过一个耄耋老人所能承担的，我每天的工作量在同辈人中恐怕也居上乘。但是我没有忘乎所以，我并没有忘记自己的年龄。在朋友欢笑之中，在家庭聚乐之中，在灯红酒绿之时，在奖誉纷至沓来之时，我满面含笑，心旷神怡，却蓦地会在心灵中一闪念："这一出戏快结束了！"我像撞客的人一样，这一闪念紧紧跟随着我，我摆脱不掉。

是我怕死吗？不，不，绝不是的。我曾多次讲过：我的性命本应该在"文革"中结束的。在比一根头发丝还细的偶然性中，我侥幸活了下来。从那以后，我所有的寿命都是白捡来的；多活一天，也算是赚了。而且对于死，我近来也已形成了一套完整的看法："应尽便须尽，无复独多虑。"死是自然规律，谁也违抗不得。用不着自己操心，操心也无用。

那么我那种快煞戏的想法是怎样来的呢？记得在大学读书

时，读过俞平伯先生的一篇散文《重过西园码头》，时隔六十余年，至今记忆犹新。其中有一句话："从现在起我们要仔仔细细地过日子了。"这就说明，过去日子过得不仔细，甚至太马虎。俞平伯先生这样，别的人也是这样，我当然也不例外。日子当前，总过得马虎。时间一过，回忆又复甜蜜。宋词中有一句话："当时只道是寻常。"真是千古名句，道出了人们的这种心情。我希望，现在能够把当前的日子过得仔细一点儿，认为不寻常一点儿。特别是在走上了人生最后一段路程时，更应该这样。因此，我的快煞戏的感觉，完全是积极的，没有消极的东西，更与怕死没有牵连。

在这样的心情的指导下，我想得很多很多，我想到了很多的人。首先是想到了老朋友。清华时代的老朋友胡乔木，最近几年曾几次对我说，他想要看一看年轻时候的老朋友。他说："见一面少一面了！"初听时，我还觉得他过于感伤。后来逐渐品味出他这一句话的分量。可惜他前年就离开了我们，走了。去年我用实际行动响应了他的话，我邀请了六七位有五六十年友谊的老友聚了一次。大家都白发苍苍了，但都兴会淋漓。我认为自己干了一件好事。我哪里会想到，参加聚会的吴组缃现已病卧医院中。我听了心中一阵颤动。今年元旦，我潜心默祷，祝他早日康复，参加我今年准备的聚会。没有参加会的老友还有几位。我都一一想到了，我在这里也为他们的健康长寿祷祝。

我想到的不只有老年朋友，年轻的朋友，包括我的第一代、第二代、第三代的学生，无论是在国内，还是在国外，我也都

——想到了。我最近颇接触了一些青年学生，我认为他们是我的小友。不知道为什么我对这一群小友的感情越来越深，几乎可以同我的年龄成正比。他们朝气蓬勃，前程似锦。我发现他们是动脑筋的一代，他们思考着许许多多的问题。淳朴，直爽，处处感动着我。俗话说："长江后浪推前浪，世上新人换旧人。"我们祖国的希望和前途就寄托在他们身上，全人类的希望和前途也寄托在他们身上。对待这一批青年，唯一正确的做法是理解和爱护，诱导与教育，同时还要向他们学习。这是就公而言。在私的方面，我同这些生龙活虎般的青年们在一起，他们身上那一股朝气，充盈洋溢，仿佛能冲刷掉我身上这一股暮气，我顿时觉得自己年轻了若干年。同青年们接触真能延长我的寿命。古诗说："服食求神仙，多为药所误。"我一不服食，二不求神。青年学生就是我的药石，就是我的神仙。我企图延长寿命，并不是为了想多吃人间几千顿饭。我现在吃的饭并不特别好吃，多吃若干顿饭是毫无意义的。我现在计划要做的学术工作还很多，好像一个人在日落西山的时分，前面还有颇长的路要走。我现在只希望多活上几年，再多走几程路，在学术上再多做点工作，如此而已。

在家庭中，我这种煞戏的感觉更加浓烈。原因也很简单，必然是因为我认为这一出戏很有看头，才不希望它立刻就煞住，因而才有这种浓烈的感觉。如果我认为这一出戏不值一看，它煞不煞与己无干，淡然处之，这种感觉从何而来？过去几年，我们家屡遭大故。老祖离开我们，走了。女儿也先我而去。这在我的感情上留下了永远无法弥补的伤痕。尽管如此，我仍然有一个温馨的家。我的老伴、儿子和外孙媳妇仍然在我的周围。我们和睦相处，相亲相敬。每一个人都是一个最可爱的人。除了人以外，家庭成员还有两只波斯猫——一只顽皮，一只温顺，也都是最可爱的猫。家庭的空气怡然、盎然。可是，前不久，老伴突患脑溢血，住进医院。在她没病的时候，她已经不良于行，整天坐在床上。我们平常没有多少话好说。可是我每天从大图书馆走回家来，好像总嫌路长，希望早一点到家。到了家里，在破藤椅上一坐，两只波斯猫立即跳到我的怀里，让我搂它们睡觉。我也眯上眼睛，小憩一会儿。睁眼就看到从窗外流进来的阳光，在地毯上流成一条光带，慢慢地移动，在百静中，万念俱息，怡然自得。此乐实不足为外人道也。然而老伴却突然病倒了。在那些严重的日子里，我在从大图书馆走回家来，我在下意识中，总嫌路太短，我希望它长，更长，让我永远走不到家。家里缺少一个虽然坐在床上不说话却散发着光与热的人。我感到冷清，我感到寂寞，我不想进这个家门。在这样的情况下，我心里就更加频繁地出现那一句话："这一出戏快煞戏了！"但是，就目前的情况来看，老伴虽然仍然住在医院里，病情已经有了好转。我在盼望着，她能很快回到家来，家里再有一个虽然不说话但却能发光发热的人，使我再能静悄悄地享受沉静之美，让这一出早晚要煞戏的戏再继续下去演上几幕。

按世俗算法，从今天起，我已经达到八十三岁的高龄了，几乎快到一个世纪了。我虽然不爱出游，但也到过三十个国家，应该说是见多识广。在国内将近半个世纪，经历过峰回路转，经历过柳暗花明，快乐与苦难并列，顺利与打击杂陈。我脑袋里的回忆太多了，过于多了。眼前的工作又是头绪万端，谁也说不清我究竟有多少名誉职称，说是打破纪录，也不见得是夸大，但是，在精神上和身体上的负担太重了。我真有点儿承受不住了。尽管正如我上面所说的，我一不悲观，二不厌世，可是我真想休息了。古人说："夫大块……劳我以生，……息我以死。"德国伟大诗人歌德晚年有一首脍炙人口的诗，最后一句是"你也休息"，仿佛也表达了我的心情，我真想休息一下了。

心情是心情，活还是要活下去的。自己身后的道路越来越长，眼前的道路越来越短，因此前面剩下的这短短的道路，更弥加珍贵。我现在过日子是以天计，以小时计。每一天每一个小时都是可贵的。我希望真正能够仔仔细细地过，认认真真地过，细细品味每一分钟每一秒钟，我认为每一分每一秒都不"寻常"。我希望千万不要等到以后再感到"当时只道是寻常"，空吃后悔药，徒唤奈何。对待自己是这样，对待别人，也是这样。我希望尽上自己最大的努力，使我的老朋友，我的小朋友，我的年轻的学生，当然也有我的家人，都能得到愉快。我也决不会忘掉自己的祖国，只要我能为她做到的事情，不管多么微末，我一定竭尽全力去做。只有这样，我心里才能获得宁静，才能获得安慰。"这一出戏就要煞戏了"，它愿意什么时候煞，就什么时候煞吧。

现在正是严冬。室内春意融融，窗外万里冰封。正对着窗子的那一棵玉兰花，现在枝干光秃秃的一点儿生气都没有。但是枯枝上长出的骨朵儿却象征着生命，蕴含着希望。花朵正蜷缩在骨朵儿内心里，春天一到，东风一吹，会立即能绽开白玉似的花。池塘里，眼前只有残留的枯叶在寒风中在层冰上摇曳。但是，我也知道，只等春天一到，坚冰立即化为粼粼的春水。现在蜷缩在黑泥中的叶子和花朵，在春天和夏天都会蹿出水面。在春天里，"莲叶何田田"。到了夏天，"接天莲叶无穷碧，映日荷花别样红"，那将是何等光华烂漫的景色啊。"既然冬天到了，春天还会远吗?"我现在一方面脑筋里仍然会不时闪过一个念头："这一出戏快煞戏了。"这丝毫也不含糊。但是，另一方面我又觉得这一出戏的高潮还没有到，恐怕在煞戏前的那一刹那才是真正的高潮，这一点也绝不含糊。

1994 年 1 月 1 日

# 迎新怀旧

我可真正是万万也没有想到，我能够活到八十九岁，迎接一个新世纪和新千年的来临。

我经常说到，我是幼无大志的人。其实我老也无大志，那种"大丈夫当如是也"的豪言壮语，我觉得，只有不世出的英雄才能说出。但是，历史的记载是否可靠，我也怀疑。刘邦和朱元璋等地痞流氓，一无所有，从而一无所惧，运气好成了皇上。一批帮闲的书生极尽拍马之能事，连这一批流氓的并不漂亮的长相也成了神奇的东西，在这些书生笔下猛吹不已。他们年轻时未必有这样的豪言壮语，书生也臆造出来，以达到吹拍的目的。

这话扯远了，还是谈我自己吧。我的"无大志"表现在各个方面，在年龄方面也有表现。我的父母都只活四十岁多一点。我自己想，我决超过父母的，能活到五十岁，我就应该满足了。记得大概是 20 世纪 50 年代，我四十多岁的时候，忽发奇想，想到我能否看到一个新世纪。我计算了一下，我必须活到八十九岁，才能做到。八十九岁，对当时的我来说，简直是一个天文数字，古今中外的文人，有几个能活到这个岁数的？这简直像是蓬莱三山，烟波渺茫，可望而不可即。

然而曾几何时，知命之年，倏尔而逝；耳顺之年，也没有留下什么痕迹，在古稀之年也没能让我有古稀的感觉。物换星移，岁月流逝，我却惛惛然，木木然，没有一点感觉，"高堂明镜悲白发"，我很少揽镜自照，头发变白自己是感觉不到的。只有在校园中偶尔遇到一位熟人，几年不见，发已半白，心里蓦地震颤了一下。被人称呼，从"老季"变成了"季老"，最初觉得有点刺耳。此外则一切平平常常，平平常常。弹指一瞬间，自己竟然活到了八十九岁，迎接了新世纪和新千年，当年认为无法想象的，绝对办不到的，当年的蓬莱三山，"今朝都到眼前来"了。岂不大可喜哉！然而又岂不大可惊哉！

记得有两句诗："凡所难求皆绝好，及能如愿便平常。"我现在深深地认识到在朴素语言中蕴含的真理。我现在确实如愿了。但是心情平常到连平常的感觉都没有了。现在是 2000 年 1 月 1 日，同 1999 年的 12 月 31 日，除了多了一天以外，绝没有任何不同的地方。早晨太阳从东方升起，到了晚上，仍然会在西方落下。环顾我的房间，依然是插架盈室，书籍盈架。窗台上的那几盆花草依然绿叶葳蕤，春意盎然。窗外是严冬。荷塘里只剩下了残荷的枯枝，在寒风中抖动。冰下水中鱼儿们是在游泳，还是在睡眠？我不得而知。埋在淤泥中的莲藕是在蔓延，还是在冬眠？我也不得而知。荷花如果能做梦的话，我想，它们会梦到春天，坚冰融化，春水溶溶，它们又能长出尖尖的角，笑傲春风了。

荷花是不会知道什么 20 世纪 21 世纪的。大千世界的一切动植物都不知道。它们仅仅知道日和夜以及季节的变换这些自然界的现象。只有天之骄子人类才有本领要出一些新花样，自己要出来以后，自己又顶礼膜拜，深信不疑。神仙皇帝就属于这一类，世纪和千年也属于这一类。就拿昨天才结束的 20 世纪的世纪末来说，明明是自己制造出来的东西，却似乎有了无限的神力。多少年来，世界各国不知有多少聪明睿智之士，大谈他们自己制造出来的世纪末问题，又是总结 20 世纪的经验教训，又是侈谈 21 世纪的这个那个，喧呶纷争，煞是热闹；人各自是其是而非他人之是。一时文坛、学坛，还有什么坛，议论蜂起，杀声震天。倘若在高天上某一个地方真有一位造物主的话，他下视人寰，看到一群小动物角斗，恐怕会莞尔而笑吧。

我自己不比任何人聪明，我也参加到这一系列的纷争里来。我谈的主要是文化问题，20 世纪和 21 世纪东西文化的关系问题。我认为，20 世纪是全部人类历史上发展最快的一个世纪。在这个世纪以前西方发生的产业革命大大地解放了生产力，二百多年内，给人类创造了巨大的财富和福利，全世界人民皆受其惠。但这只是事情的一个方面。另一个方面则是并不美好的，由于西方人以"征服自然"为鹄的，对大自然诛求无厌，结果遭到了大自然的报复和惩罚，产生了许多弊端和祸害。这些弊端和灾害彰彰在人耳目，用不着我再来细数。现在世界上几乎所有的政府和人民团体都在高呼"环保"，又是宣传，又是开会，一时甚嚣尘上。奇怪的是，竟无一人提到环保问题产生的根源。为什么欧洲的中世纪和中国的汉唐时代从来没有什么环保问题呢？这情况难道还不值得人们深思吗？

我自己把环保问题同 20 世纪和 21 世纪挂上了钩，同东西文化挂上了钩。同时我又常常举一个民间流传的近视眼猜匾的笑话，说 21 世纪这一块匾还没有挂出来，我们现在乱猜匾上的大字，无疑都是近视眼。能吹嘘看到了匾上的字的人，是狡猾者，是事前向主事人打听好了的。但是这种狡猾行动，对匾是可以的，对 21 世纪则是行不通的。难道谁有能耐到上帝那里去打听吗？我主张在 21 世纪东方天人合一的思想——这是东方文化的精华——能帮助人们解决环保问题。我似乎已经看到了还没有挂出来的匾上的字。不是我从上帝那里打听来的，是我根据自己的观察和思考得出来的，我是我自己的上帝。

昨天夜里，猛然醒来，开灯一看，时针正指十二点，不差一分钟。我心里一愣：我现在已是 21 世纪的人了。未多介意，关灯又睡。早晨七点，乘车到中华世纪坛去，同另外九个科学界闻人，代表学术界十个分支，另外配上十个儿童，共同撞新铸成的世纪钟王二十一响，象征科学繁荣。钟声深沉洪亮，在北京上空回荡。这时，我的心蓦地一阵颤动，"21 世纪"几个大字沉重地压在我的心头，真正感觉"往事越千年"，我自己昨天还是 20 世纪的"世纪老人"，而今一转瞬间，我已成为 21 世纪的"新人"了。

在这关键的时刻，我过去很多年热心议论的一些问题，什么东西方文化，什么环保，什么天人合一，什么分析的思维模式和综合的思维模式，等等，都从我心中隐去。过去侈谈 21 世纪，等到 21 世纪真正来到了眼前，心中却是一个大空虚。中国古书上那个叶公好龙的故事是很有启发意义的。

然而，我心中也并不是完全的真正的空虚，我想到了我自己。我现在确确实实是八十九岁了。这是古今中外都艳羡的一个年龄。我竟于无意中得之，不亦快哉！连我这个少无大志老也无大志的人都不得不感到踌躇满志了。但是，我脑海里立即出现了一个问题：活大年纪究竟是好事呢？还是坏事？这问题还真不易答复。爱活着是人之常情，连中国老百姓都说"好死不如赖活着"，我焉能例外！但是，活得太久了，人事纷纭，应对劳神。人世间的一些魑魅魍魉的现象，看多了也让人心烦。德国大诗人歌德晚年渴望休息（ruhen）的名诗，正表现了这种心情。我有时候也真想休息了。

中国古代诗文中有不少鼓励老年人的话，比如"老骥伏枥，志在千里。烈士暮年，壮心不已"，又如"天意怜幽草，人间重晚晴"，又如"余霞尚满天"等等，读起来也颇让老人振奋。但是，仔细于字里行间推敲一下，便不难发现，这些诗句实际上是为老人打气的，给老人以安慰的，信以为真，便会上当。

那么，老年人就全该死了吗？也不是的。人老了，识多见广，正反两面的经验教训都非常丰富，这些东西对我们国家还是有用处的，只要不倚老卖老，不倚老吃老，人类社会还是需要老人的。佛经里面有一个《弃老国缘》的故事，说的就是这一番道理。在现在的中国，在 21 世纪的中国，活着无疑还是一种乐事。我常常说：人们吃饭为了活着，但活着不是为了吃饭。这是我的最根本的信条之一。我也身体力行。我现在仍然是黎明即起，兀兀穷年，不求有惊人之举，但求无愧于心，无愧于吃下去的饭。

在北京大学校内，老教授有一大批。比我这个八十九岁的老人更老的人，还有十几位。如果在往八宝山去的路上按年龄顺序排一个队的话，我绝不在前几名。我曾说过，我决不会在这个队伍中抢先夹塞，我决心鱼贯而前，轮到我的时候，我说不定还会溜号躲开，从后面挤进比我年轻的队伍中。

多少年来，我成了陶渊明的信徒。他的诗句：

纵浪大化中，不喜亦不惧。

应尽便须尽，无复独多虑。

我感到，我现在大体上能够做到了，对生死之事，我确实没有多虑。关键在一个"应"字，这个"应"字由谁来掌管、由谁来决定呢？我不能知道，反正不由我自己来决定。既然不由我自己来决定，那么——由它去吧。

2000 年 1 月 1—3 日

# 九十述怀

　　杜甫诗："人生七十古来稀。"对旧社会来说，这是完全正确的，因为它符合实际情况。但是，到了今天，老百姓却创造了三句顺口溜："七十小弟弟，八十多来兮，九十不稀奇。"这也是完全正确的，因为它符合实际情况。

　　但是，对我来说，却另有一番纠葛。我行年九十矣，是不是感到不稀奇呢？答案是：不是，又是。不是者，我没有感到不稀奇，而是感到稀奇，非常的稀奇。我曾在很多地方都说过，我在任何方面都是一个没有雄心壮志的人，我不会说大话，不敢说大话，在年龄方面也一样。我的第一本账只计划活四十岁到五十岁。因为我的父母都只活了四十多岁，遵照遗传的规律，遵照传统伦理道德，我不能也不应活得超过了父母。我又哪里知道，仿佛一转瞬间，我竟活过了从心所欲不逾矩之年，又进入了耄耋的境界，要向期颐进军了。这样一来，我能不感到稀奇吗？

　　但是，为什么又感到不稀奇呢？从目前的身体情况来看，除了眼睛和耳朵有点不算太大的问题和腿脚不太灵便外，自我感觉还是良好的，写一篇一两千字的文章，倚马可待。待人接物，应对进退，还是"难得糊涂"的。这一切都同十年前，或者更长的时间以前，没有什么两样。李太白诗："高堂明镜悲白发。"我不但发已全白（有人告诉我，又有黑发长出），而且秃了顶。这一切也都是事实，可惜我不是电影明星，一年照不了两次镜子，那一切我都不视不见。在潜意识中，自己还以为是"朝如青丝"哩。对我这样无知无识、麻木不仁的人，连上帝也没有办法。在这样的情况下，我怎么能会不感到不稀奇呢？

但是，我自己又觉得，我这种精神状态之所以能够产生，不是没有根据的。我国现行的退休制度，教授年龄是六十岁到七十岁。可是，就我个人而论，在学术研究上，我的冲刺起点是在八十岁以后。开了几十年的会，经过了不知道多少次政治运动，做过不知道多少次自我检查，也不知道多少次对别人进行批判，最后又经历了"文革"，"对酒当歌，人生几何？"我自己的一生就是这样白白地消磨过去了。如果不是造化小儿对我垂青，制止了我实行自己年龄计划的话，在我八十岁以前（这也算是高寿了）就"遽归道山"，我留给子孙后代的东西恐怕是不会多的。不多也不一定就是坏事。留下一些不痛不痒、灾祸梨枣的所谓著述，对任何人都没有好处。但是，对我自己来说，恐怕就要"另案处理"了。

在从八十岁到九十岁这个十年内，在我冲刺开始以后，颇有一些值得纪念的甜蜜的回忆。在撰写我一生中最长的一部长达80万字的著作《糖史》的过程中，颇有一些情节值得回忆，值得玩味。

在长达两年的时间内，我每天跑一趟大图书馆，风雨无阻，寒暑无碍。燕园风光旖旎，四时景物不同。春天姹紫嫣红，夏天荷香盈塘，秋天红染霜叶，冬天六出蔽空。称之为人间仙境，也不为过。然而，在这两年中，我几乎天天都在这样瑰丽的风光中行走。可是我都视而不见，甚至不视不见。未名湖的涟漪，博雅塔的倒影，被外人视为奇观的胜景，也未能逃过我的漠然、懵然、无动于衷。我心中想到的只是大图书馆中盈室满架的图书，鼻子里闻到的只有那里的书香。

《糖史》的写作完成以后，我又把阵地从大图书馆移到家中来，运筹于斗室之中，决战于几张桌子之上。我研究的对象变成了吐火罗文 A 方言的《弥勒会见记剧本》。这也不是一颗容易咬的核桃，非用上全力不行。最大的困难在于缺乏资料，而且多是国外的资料。没有办法，只有时不时地向海外求援。现在虽然号称为信息时代，可是我要的消息多是刁钻古怪的东西，一时难以搜寻，我只有耐着性子恭候。舞笔弄墨的朋友，大概都能体会到，当一篇文章正在进行写作时，忽然断了电，你心中真如火烧油浇，然而却毫无办法，只盼喜从天降了，只能听天由命了。此时燕园旖旎的风光，对于我似有似无，心里想到的、切盼的只有海外的来信。如此又熬了一年多，《弥勒会见记剧本》英译本终于在德国出版了。

两部著作完了以后，我平生大愿算是告一段落。痛定思痛，蓦地想到了，自己已是望九之年了。这样的岁数，古今中外的读书人能达到的只有极少数。我自己竟能置身其中，岂不大可喜哉！

我想停下来休息片刻，以利再战。这时就想到，我还有一个家。在一般人心目中，家是停泊休息的最好的港湾。我的家怎样呢？直白地说，我的家就我一个孤家寡人，我就是家，我一个人吃饱了，全家不害饿。这样一来，我应该感觉很孤独了吧。然而并不。我的家庭"成员"实际上并不止我一个"人"。我还有四只极为活泼可爱的，一转眼就偷吃东西的，从我家乡山东临清带来的白色波斯猫，眼睛一黄一蓝。它们一点礼节都没有，一点规矩都不懂，时不时地爬上我的脖子，为所欲为，大胆放肆。有一只还专在我的裤腿上撒尿。这一切我不但不介意，而且顾而乐之，让猫们的自由主义恶性发展。

我的家庭"成员"还不止这样多，我还养了两只山大小校友张衡送给我的乌龟。乌龟这玩意儿，现在名声不算太好，但在古代却是长寿的象征。有些人的名字中也使用"龟"字，唐代就有李龟年、陆龟蒙等。龟们的智商大概低于猫，它们绝不会从水中爬出来爬上我的肩头。但是，龟们也自有龟之乐，当我向它们喂食时，它们伸出了脖子，一口吞下一粒，显然它们是愉快的。可惜我遇不到惠施，他绝不会同我争辩，我何以知道龟之乐。

我的家庭"成员"还没有到此为止，我还饲养了五只大甲鱼。甲鱼，在一般老百姓嘴里叫"王八"，是一个十分不光彩的名称，人们讳言之。然而我却堂而皇之地养在大瓷缸内，一视同仁，毫无歧视之心。是不是我神经出了毛病？用不着请医生去检查，我神经十分正常。我认为，甲鱼同其他动物一样有生存的权利。称之为"王八"，是人类对它的诬蔑，是向它头上泼脏水。可惜甲鱼无知，不会到世界最高法庭上去状告人类，还要求赔偿名誉费若干美元，而且要登报声明。我个人觉得，人类在新世纪、新千年中最重要的任务是处理好与大自然的关系。恩格斯已经警告过我们："不能过分陶醉于我们对自然界的胜利，对于每一次这样的胜利，自然界都报复了我们。"一百多年来的历史事实，日益证明了恩格斯警告之正确与准确。在新世纪中，人类首先必须改恶向善，改掉乱吃其他动物的恶习。人类必须遵守宋代大儒张载的话："民吾同胞，物吾与也。"把甲鱼也看成是自己的伙伴，把大自然看成是自己的朋友，而不是征服的对象。这样一来，人类庶几能有美妙光辉的前途。至于对我自己，也许有人认为我是《世说新语》中的人物，放诞不经。如果真是的话，那就，那就——由它去吧。

再继续谈我的家和我自己。

我在"文革"中，自己跳出来反对那位倒行逆施的"老佛爷"，被打倒在地，被戴上了无数顶莫须有的帽子，天天被打、被骂。最初也只觉得滑稽可笑。但"谎言说上一千遍，就变成了真理"，最后连我自己都怀疑起来了："此身合是坏人未？泪眼迷离问苍天。"其实我并没有那么坏，但在许多人眼中，我已经成了一个"不可接触者"。

然而，世事多变，人间正道。不知道是怎么一来，我竟转身一变成了一个"极可接触者"。我常以知了自比。知了的幼虫最初藏在地下，黄昏时爬上树干，天一明就蜕掉了旧壳，长出了翅膀，长鸣高枝，成了极富诗意的虫类，引得诗人"倚杖柴门外，临风听暮蝉"了。我现在就是一只长鸣高枝的蝉，名声四被，头上的桂冠比"文革"中头上戴的高帽子还要高出多多，有时候我自己都觉得脸红。其实我自己深知，我并没有那么好。然而，我这样发自肺腑的话，别人是不会相信的。这样一来，我虽孤家寡人，其实家里每天都是热闹非凡的。有一位多年的老同事，天天到我家里来"打工"，处理我的杂务，照顾我的生活，最重要的事情是给我读报、读信，因为我眼睛不好。还有就是同不断打电话来或者亲自登门来的自称是我的"崇拜者"的人们打交道。学校领导因为觉得我年纪已大，不能再招待那么多的来访者，在我门上贴出了通告，想制约一下来访者的袭来，但用处不大，许多客人都视而不见，照样敲门不误。有少数人竟在门外荷塘边上等上几个钟头。除了来访者打电话者外，还有扛着沉重的摄像机而来的电视台的导演和记者，以及每天都收到的数量颇大的信件和刊物。有一些年轻的大中学生，把我看成了有求必应的土地爷，或者能预言先知的季铁嘴，向我请求这请求那，向我倾诉对自己父母都不肯透露的心中的苦闷。这些都要我那位"打工"的老同事来处理，我那位打工者此时就成了拦驾大使。想尽花样，费尽唇舌，说服那些想来采访、想来拍电视的好心和热心又诚心的朋友们，请他们少安毋躁。这是极为繁重而困难的工作，我能深切体会。其忙碌困难的情况，我是能理解的。

最让我高兴的是，我结交了不少新朋友。他们都是著名的书法家、画家、诗人、作家、教授。我们彼此之间，除了真挚的感情和友谊之外，绝无所求于对方。我是相信缘分的，"有缘千里来相会，无缘对面不相识"，缘分是说不明道不白的东西，但又确实存在。我相信，我同朋友之间就是有缘分的。我们一见如故，无话不谈。没见面时，总惦记着见面的时间，既见面则如鱼得水，心旷神怡；分手后又是朝思暮想，忆念难忘。对我来说，他们不是亲属，胜似亲属。有人说："人生得一知己足矣。"我得到的却不只是一个知己，而是一群知己。有人说我活得非常滋润。此情此景，岂是"滋润"二字可以了得！

我是一个呆板保守的人，秉性固执。几十年养成的习惯，我决不改变。一身卡其布的中山装，国内外不变，季节变化不变，别人认为是老顽固，我则自称是"博物馆的人物"，以示"抵抗"，后发制人。生活习惯也决不改变。四五十年来养成了早起的习惯，每天早晨四点半起床，前后差不了五分钟。古人说"黎明即起"，对我来说，这话夏天是适合的，冬天则是在黎明之前几个小时，我就起来了。我五点吃早点，可以说是先天下之早点而早点。吃完立即工作。我的工作主要是爬格子。几十年来，我已经爬出了上千万的字。这些东西都值得爬吗？我认为是值得的。我爬出的东西不见得都是精金粹玉，都是甘露醍醐，吃了能让人升天成仙。但是其中绝没有毒药，绝没有假冒伪劣，读了以后至少能让人获得点享受，能让人爱国，爱乡，爱人类，爱自然，爱儿童，爱一切美好的东西。总之一句话，能让人在精神境界中有所收益。我常常自己警告说：人吃饭是为了活着，但活着绝不是为了吃饭。人的一生是短暂的，绝不能白白把生命浪费掉。如果我有一天工作没有什么收获，晚上躺在床上就疚愧难安，认为是慢性自杀。爬格子有没有名利思想呢？坦白地说，过去是有的。可是到了今天，名利对我都没有什么用处了，我之所以仍然爬，是出于惯性，其他冠冕堂皇的话，我说不出。"爬格不知老已至，名利于我如浮云"，或可能道出我现在的心情。

你想到过死没有呢？我仿佛听到有人在问。好，这话正问到节骨眼上。是的，我想到过死，过去也曾想到死，现在想得更多而已。在"文革"中，在 1967 年，一个千钧一发般的小插曲使我避免了走上"自绝于人民"的道路。从那以后，我认为，我已经死过一次，多活一天，都是赚的，到现在已经三十多年了，我真赚了个满堂满贯，真成为一个特殊的大富翁了。但人总是要死的，在这方面，谁也没有特权，没有豁免权。虽然常言道："黄泉路上无老少"，但是，老年人毕竟有优先权。燕园是一个出老寿星的宝地。我虽年届九旬，但按照年龄顺序排队，我仍落在十几名之后。我曾私自发下宏愿大誓：在向八宝山的攀登中，我一定按照年龄顺序鱼贯而登，决不抢班夺权，硬去加塞。至于事实究竟如何，那就请听下回分解了。

既然已经死过一次，多少年来，我总以为自己已经参悟了人生。我常拿陶渊明的四句诗当作座右铭："纵浪大化中，不喜亦不惧。应尽便须尽，无复独多虑。"现在才逐渐发现，我自己并没能完全做到。常常想到死，就是一个证明，我有时幻想，自己为什么不能像朋友送给我摆在桌上的奇石那样，自己没有生命，但也绝不会有死呢？我有时候也幻想：能不能让造物主勒住时间前进的步伐，让太阳和月亮永远明亮，地球上一切生物都停住不动、不老呢？哪怕是停上十年八年呢？大家千万不要误会，认为我怕死怕得要命。绝不是那样。我早就认识到，永远变动，永不停息，是宇宙的根本规律，要求不变是荒唐的。万物方生方死，是至理名言。江文通《恨赋》中说："自古皆有死，莫不饮恨而吞声。"那是没有见地的庸人之举，我虽庸陋，水平还不会那样低。即使我做不到热烈欢迎大限之来临，我也绝不会饮恨吞声。

　　但是，人类是心中充满了矛盾的动物，其他动物没有思想，也就不会有这样多的矛盾。我忝列人类的一分子，心里面的矛盾总是免不了的。我现在是一方面眷恋人生，一方面却又觉得，自己活得实在太辛苦了，我想休息一下了。我向往庄子的话："大块载我以形，劳我以生。"大家千万不要误会，以为我就要自杀。自杀那玩意儿我决不会再干了。在别人眼中，我现在活得真是非常非常惬意了。不虞之誉，纷至沓来；求全之毁，几乎绝迹。我所到之处，见到的只有笑脸，感到的只有温暖。时时如坐春风，处处如沐春雨，人生至此，实在是真应该满足了。然而，实际情况却并不完全是这样惬意。古人说："不如意事常八九。"这话对我现在来说也是适用的。我时不时地总会碰到一些令人不愉快的事情，让自己的心情半天难以平静。即使在春风得意中，我也有自己的苦恼。我明明是一头瘦骨嶙峋的老牛，却有时被认成是日产鲜奶千磅的硕大的肥牛。已经挤出了奶水五百磅，还求索不止，认为我打了埋伏。其中情味，实难以为外人道也。这逼得我不能不想到休息。

我现在不时想到，自己活得太长了，快到一个世纪了。九十年前，山东临清县一个既穷又小的官庄出生了一个野小子，竟走出了官庄，走出了临清，走到了济南，走到了北京，走到了德国；后来又走遍了几个大洲，几十个国家。如果把我的足迹画成一条长线的话，这条长线能绕地球几周。我看过埃及的金字塔，看到两河流域的古文化遗址，看过印度的泰姬陵，看到非洲的撒哈拉大沙漠，以及国内外的许多名山大川。我曾住过总统府之类的豪华宾馆，会见过许多总统、总理一级的人物，在流俗人的眼中，真可谓极风光之能事了。然而，我走过的漫长的道路并不总是铺着玫瑰花的，有时也荆棘丛生。我经过山重水复，也经过柳暗花明；走过阳关大道，也走过独木小桥。我曾到阎王爷那里去报到，没有被接纳。终于曲曲折折，颠颠簸簸，坎坎坷坷，磕磕碰碰，走到了今天。现在就坐在燕园朗润园中一个玻璃窗下，写着《九十述怀》。窗外已是寒冬。荷塘里在夏天接天映日的荷花，只剩下干枯的残叶在寒风中摇曳。玉兰花也只留下光秃秃的枝干在那里苦撑。但是，我知道，我仿佛看到荷花蜷曲在冰下淤泥里做着春天的梦；玉兰花则在枝头梦着"春意闹"。它们都在活着，只是暂时的休息，养精蓄锐，好在明年新世纪、新千年中开出更多更艳丽的花朵。

我自己当然也在活着。可是我活得太久了，活得太累了。歌德暮年在一首著名的小诗中想到休息，我也真想休息一下了。但是，这是绝对不可能的。我就像鲁迅笔下的那一位"过客"那样，我的任务就是向前走，向前走。前方是什么地方呢？老翁看到的是坟墓，小女孩看到的是野百合花。我写《八十述怀》时，看到的是野百合花多于坟墓，今天则倒了一个个儿，坟墓多而野百合花少了。不管怎样，反正我是非走上前去不行的，不管是坟墓，还是野百合花，都不能阻挡我的步伐。冯友兰先生的"何止于米"，我已经越过了米的阶段。下一步就是"相期以茶"了。我觉得，我目前的选择只有眼前这一条路，这一条路并不遥远。等到我十年后再写《百岁述怀》的时候，那就离茶不远了。

2000 年 12 月 20 日

# 一寸光阴不可轻

中华乃文章大国，北大为人文渊薮，二者实有密不可分的联系，倘机缘巧遇，则北大必能成为产生文学家的摇篮。五四运动时期是一个具体的例证，最近几十年来又是一个鲜明的例证。在这两个时期的中国文坛上，北大人灿若列星。这一个事实我想人们都会承认的。

最近若干年来，我实在忙得厉害，像20世纪50年代那样在教书和搞行政工作之余还能有余裕的时间读点当时的文学作品的"黄金时代"一去不复返了。不过，幸而我还不能算是一个懒汉，在"内忧""外患"的罅隙里，我总要挤出点时间来，读一点北大青年学生的作品。《校刊》上发表的文学作品，我几乎都看。前不久我读到《北大往事》，这是北大70、80、90三个年代的青年回忆和写北大的文章。其中有些篇思想新鲜活泼，文笔清新俊逸，真使我耳目为之一新。中国古人说："雏凤清于老凤声。"我——如果大家允许我也在其中滥竽一席的话——和我们这些"老凤"，真不能不向你们这一批"雏凤"投过去羡慕和敬佩的眼光了。

但是，中国古人又说："满招损，谦受益。"我希望你们能够认真体会这两句话的含义。"倚老卖老"，固不足取；"倚少卖少"同样也是值得青年人警惕的。天下万事万物，发展永无穷期。人外有人，天外有天，"老子天下第一"的想法是绝对错误的。你们对我们老祖宗遗留下来的浩如烟海的文学作品必须有深刻的了解。最好能背诵几百首旧诗词和几十篇古文，让它们随时含蕴于你们心中，低吟于你们口头。这对于你们的文学创作和人文素质的提高，都会有极大的好处。不管你们现在或将来是教书、研究、经商、从政，或者是专业作家，都是如此，概莫能外。对外国的优秀文学作品，也必实下一番功夫，简练揣摩。这对你们的文学修养是绝不可少的。如果能做到这一步，则你们必然能融会中西、贯通古今，创造出更新更美的作品。

宋代大儒朱子有一首诗，我觉得很有针对性，很有意义，我现在抄给大家：

少年易老学难成，

一寸光阴不可轻。

未觉池塘春草梦，

阶前梧叶已秋声。

这一首诗，不但对青年有教育意义，对我们老年人同样也有教育意义。文字明白如画，用不着过多的解释。光阴，对青年和老年，都是转瞬即逝，必须爱惜。"一寸光阴一寸金，寸金难买寸光阴"，这是我们古人留给我们的两句意义深刻的话。

你们现在是处在"燕园幽梦"中，你们面前是一条阳关大道，是一条铺满了鲜花的阳关大道。你们要在这条大道上走上六十年、七十年、八十年，或者更多的年，为人民、为人类做出出类拔萃的贡献。但愿你们永不忘记这一场燕园梦，永远记住自己是一个北大人，一个值得骄傲的北大人，这个名称会带给你们美丽的回忆，带给你们无量的勇气，带给你们奇妙的智慧，带给你们悠远的憧憬。有了这些东西，你们就会自强不息，无往不利，不会虚度此生。这是我的希望，也是我的信念。

1998 年 5 月 3 日

（本文是为《燕园幽梦》写的序）